Richie Tankersley

Buffy

Im Bann der Dämonen

DIE ANGEL CHRONIKEN

II

Deutsch von
Barbara Först

Wunderlich Taschenbuch

Das Buch «Buffy – Im Bann der Dämonen. Die Angel Chroniken II»
entstand nach der gleichnamigen Fernsehserie
(Orig.: *Buffy, The Vampire Slayer*) von Joss Whedon,
ausgestrahlt bei ProSieben.

Erstveröffentlichung bei Pocket Books, New York 1998.
Titel der amerikanischen Originalausgabe: *Buffy, The Vampire Slayer. The Angel Chronicles Vol. 2.*

Veröffentlicht im Rowohlt Taschenbuch Verlag GmbH,
Reinbek bei Hamburg, März 2003
Lizenzausgabe mit freundlicher Genehmigung
der Egmont vgs verlagsgesellschaft, Köln

Umschlaggestaltung any.way, Barbara Hanke, Wiebke Buckow
Satz Aldus PostScript, PageMaker,
bei Pinkuin Daten und Satztechnik, Berlin
Druck und Bindung Clausen & Bosse, Leck
Printed in Germany
ISBN 3 499 26434 x

Die Schreibweise entspricht den Regeln
der neuen Rechtschreibung.

Für Martin, meinen Bruder im Geiste
und langjährigen Freund,
je t'aime toujours,
Madeline

Die Chroniken:

Prolog

Angel wurde langsam unruhig. Er saß seit acht Uhr hier und hatte die Leute, die in stetigem Strom durch den Eingang des *Bronze* ein und aus gingen, nicht aus den Augen gelassen. Sie hätte eigentlich kommen müssen. Sie hätte eigentlich schon vor mehr als einer Stunde kommen müssen.

Buffy, dachte er, *bist du okay?*

Er fühlte, wie seine Sinne sich schärften, wie er versuchte, den Raum in sich aufzunehmen. Wie immer ging es im *Bronze* äußerst lebhaft zu – die Leute drängten sich auf der Tanzfläche, die Band spielte, so laut sie konnte, und überall quatschten und lachten die Kids. Und doch kam Angel das ganze Geschehen um ihn herum völlig unwirklich vor.

Er war im Laufe seines Lebens an vielen Orten wie diesem gewesen. Und obwohl sich die Mode und Musik, Sprache und Umgangsformen von Jahrhundert zu Jahrhundert verändert hatten, gab es immer noch dieses verführerische Spiel von Licht und Schatten auf der Tanzfläche, immer noch das erregende Gedrängel zu vieler Menschen in einem zu kleinen Raum. Er spürte die pulsierende Wärme menschlicher Körper, die von allen Seiten auf ihn eindrang. Und er schloss die Augen, überließ sich den uralten Erinnerungen, die wie von selbst in ihm wach wurden.

Ja, er war schon viele Male an einem Ort wie diesem gewesen. Hatte auf Opfer gelauert. Auf Frauen …

Aber keine war wie Buffy gewesen.

Langsam öffnete er die Augen.

Obgleich er von vielen Menschen umgeben war, fühlte er sich einsam. Um ihn herum erklang fröhliches Lachen, aber er spürte, wie ihn eine uralte Schwermut bedrückte. Er sah in die Runde, blickte in die jungen Gesichter, aus denen Lebenslust, Unschuld und Leichtsinn strahlten. Sie taten ihm Leid. Und zugleich war er neidisch.

Sie gehörten zu Buffys Welt. Zu einer Welt, der er nie angehören würde.

Angel faltete die Hände. Mit einer ärgerlichen Grimasse biss er die Zähne zusammen. *Warum bin ich heute Abend überhaupt hierher gekommen?* Er hatte sich selbst schon Tausende Male vorgenommen, dass er Buffy in Ruhe lassen und nie mehr zurückkommen wollte. Hatte er in seinem Leben nicht schon genug Schmerz und Leid erlitten – musste er sie auch noch mit hineinziehen? Die Liebe war ein gefährliches Gefühl: Sie schwächte die Menschen, vernebelte ihnen das Gehirn, machte sie verwundbar. Liebe war ein Luxus, den sich keiner von ihnen beiden leisten konnte, wenn sie am Leben bleiben wollten.

Er starrte auf den Tisch. Immer, wenn er an sie dachte, fühlte er eine ganz besondere Wärme in sich aufsteigen … sie floss durch seine Adern wie etwas Heiliges und Reines. Ja, er gestand es sich ein: Buffy zu lieben machte ihn verwundbar. Aber er fühlte sich lebendiger als je zuvor in seinem langen, endlosen Leben.

Sie sollte längst hier sein.

Angels dunkle Augen starrten besorgt auf den Eingang.

DIE ERSTE CHRONIK:

Halloween

Prolog

Nur noch zwei Tage bis Halloween.

Die Dunkelheit hatte Sunnydale eingehüllt, und das Gatter des Kürbisfeldes war zur Nacht geschlossen worden.

Eine frische Herbstbrise rüttelte an den Vogelscheuchen und Heugarben, die am Zaun aufgereiht standen, und ließ die festlichen Lichterketten, die über dem Platz aufgehängt waren, hin- und herschwanken. Totes Laub wirbelte über den Boden und wehte unter einen altersschwachen Holzkarren, an dem ein ebenso altes Schild prangte: «Pop's Kürbisfeld». Grinsende Kürbislaternen flackerten unheimlich in der Nacht.

Und die Vampire trieben ihr Unwesen …

Buffy fiel mit dumpfem Aufprall zu Boden und zermatschte dabei eine Kürbislaterne. Atemlos rollte sie herum, schnappte sich einen kleineren Kürbis und schleuderte ihn auf den näher kommenden Vampir, der soeben zum tödlichen Schlag ansetzte. Der Kürbis traf ihn voll in seine Fratze, brachte ihn aus dem Gleichgewicht – und bevor er sich von dem Schlag erholt hatte, traf ihn ein zweiter Kürbis mitten zwischen die Augen.

Die Kreatur wich stolpernd zurück. Wie der Blitz zog Buffy einen Holzpflock hervor und schleuderte ihn auf sein Herz zu. Aber der Vampir schnappte sich schnell eine Vogelscheuche und benutzte sie als Schild, sodass der Pflock in ihr stecken blieb. Der Vampir grinste Buffy angriffslustig an.

«Hmmm.» Das ging also nicht so leicht, wie sie gedacht hatte. Und außerdem hatte sie heute etwas anderes vorgehabt – etwas viel Wichtigeres als so ein Gerangel mit widerspenstigen Dämonen.

Die ganze Situation ging ihr allmählich wirklich auf die Nerven.

Als der Vampir die Vogelscheuche beiseite warf, sprang Buffy auf die Füße und nahm wieder Verteidigungshaltung ein. Eine Zeit lang hielt sie die Stellung, doch dann schickten sie zwei Handkantenschläge und ein erbarmungsloser Tritt erneut zu Boden. Sie war so sehr auf den Kampf konzentriert, dass sie nicht einmal bemerkte, wie sie beobachtet wurde – zwei Augen sahen zu, und eine Videokamera nahm die ganze Szene aus sicherer Entfernung auf.

Ein anderer Vampir, der sich hinter einem der umstehenden Bäume verbarg, hatte den ganzen schmutzigen Kampf festgehalten, und zwar von Anfang an. Er hatte Buffys beeindruckende Schnelligkeit beim Rückzug dokumentiert und die unglaubliche Kraft ihrer Schläge, die den Gegner trafen!

Ja, dachte das Geschöpf der Nacht, *dies ist genau das, was wir brauchen …*

Mit ärgerlichem Stirnrunzeln registrierte der Vampir das blinkende Licht in einer Ecke des Suchers. Die Batterie wurde langsam leer, und der Kampf war noch längst nicht zu Ende. Mit einem Grunzen schüttelte er die Kamera, dann filmte er die Kämpfenden weiter.

Buffy hatte endlich die Oberhand gewonnen. Ein heftiger Kopfstoß und ein gezielter Tritt gegen die Brust des Vampirs schickten ihn mit dem Kopf voran in einen Kürbishaufen. Durch die Erschütterung segelte das Schild «Pop's Kürbisfeld» hinunter. Mit einer blitzschnellen Bewegung schnappte sich Buffy das Schild und zog es unter den Füßen des Vampirs hindurch, sodass dieser das Gleichgewicht verlor. Dann bohrte sie das angespitzte Ende des Stiels tief in sein Herz.

Stille.

Ein Störstreifen flimmerte im Sucher der Kamera, aber der in den Büschen verborgene Vampir hielt das Gerät unverwandt auf den Kampfplatz gerichtet.

Er filmte das Staubhäufchen, das von Buffys Gegner übrig geblieben war, und dann Buffy selbst, die aufstand und sich vom Schauplatz des Geschehens entfernte …

In dem Moment gab die Kamera ihren Geist auf.

Das Geschöpf der Nacht trat aus den Baumschatten hervor. Langsam ging der Vampir weiter und ließ dabei die Kamera sinken, sodass seine grässliche Fratze zum Vorschein kam.

Er freute sich über den Erfolg seines Unternehmens.

Dann verschwand auch er in der Dunkelheit.

Eins

Noch zehn Minuten, dachte Angel. *Ich gebe ihr noch zehn Minuten.*

Er hatte während der letzten halben Stunde unablässig auf den Eingang gestarrt, aber nun wurde seine Aufmerksamkeit mehr und mehr durch die Sorge um Buffy abgelenkt.

Vielleicht war sie in Schwierigkeiten. Sie wusste sich zwar zu verteidigen, aber so eine Nachtpatrouille konnte jedem gefährlich werden. Oder sie hatte heute Abend nicht aus dem Haus schleichen können. Vielleicht hatte sie auch etwas anderes vor und das Date mit ihm ganz einfach vergessen.

Angel seufzte. Unberührt von dem Treiben um ihn herum, saß er da und brütete finster vor sich hin.

«Also wirklich! Ist im *Bronze* überhaupt nichts los, oder was liegt an?»

Angel blickte auf. Cordelia stand neben seinem Tisch. Sie wusste, dass sie mit ihrem langen dunklen Haar und der perfekten Figur in dem hautengen Kleid umwerfend aussah, doch zu ihrem Ärger schien Angel es nicht einmal zu merken.

«Äh, hi!», brachte er heraus. «Ich warte auf Buffy.»

«Na, super!» Cordelia nahm Platz und beugte sich ein wenig vor, um ihren tiefen Ausschnitt zur Geltung zu bringen. «Ich war eigentlich mit Devon verabredet, aber der lässt sich nirgends blicken. Er glaubt wohl, weil er in 'ner Band spielt, darf er rumspinnen, wie es ihm gefällt. Tja, was er nun verliert, ist dein großer Gewinn ...»

So schwatzte sie unentwegt weiter. Angel brachte ein mattes Lächeln zustande und trommelte nervös mit den Fingern auf den Tisch. Er wandte sich halb zu ihr um und versuchte, höflich zu sein.

Deshalb merkte er nicht, dass Buffy einige Minuten später doch noch kam. Angel sah nicht ihre verlegene Miene, sah nicht, wie sie stehen blieb, um Atem zu schöpfen, wie sie sich verstohlen mit den Händen durchs Haar fuhr und Dreck, Kürbiskerne und zermatschtes Fruchtfleisch herausstrich. Buffy ließ ihren Blick über die Menge schweifen – und entdeckte Angel und Cordelia zusammen am Tisch! Ihr Herz krampfte sich zusammen. Völlig klar, Cordelia war in

Anbaggerlaune. Sie plauderte und lachte, und nach einer Weile schüttelte Angel den Kopf und stimmte in ihr Lachen ein.

Buffy blickte an sich herab, auf ihre dreckigen Klamotten. Dann studierte sie Cordelias makelloses Outfit. Und wandte sich traurig ab.

«Also sagte ich zu Devon», schwafelte Cordelia, «nennst du *das* etwa 'ne Lederausstattung? Da hatte ja mein Barbie-Traumauto schönere Sitze!»

Wieder lachte Angel, wenn auch etwas angestrengt. Und dann entdeckte er endlich Buffy.

«Da ist ja Buffy!» Er ließ Cordelia mitten im Satz sitzen und eilte auf den Eingang des Clubs zu.

Buffy sah ihn kommen und blieb zögernd stehen. Sie gab sich einen Ruck und setzte ihr schönstes Pokerface auf.

«Oh. Hi. Ich bin ...»

«Spät dran», ergänzte Angel. Er warf ihr einen prüfenden Blick zu, während Buffy ein Nicken zustande brachte.

«War ein schwerer Tag im Büro», murmelte sie.

Lächelnd fischte Angel ihr einen Strohhalm aus den Haaren und reichte ihn ihr. «Das sehe ich.»

Verlegen versuchte Buffy einen Witz daraus zu machen. «Hör mal, das ist der ultraneue Look für diese Saison. Der Herbstlook.»

Cordelia stolzierte an ihnen vorbei, ein verächtliches Grinsen auf den vollen Lippen. «Toll, deine Haare, Buffy. Der letzte Schrei, was? À la Gossenkind.»

Buffy fühlte, wie zugleich Wut und Scham in ihr hochstiegen. Nach außen versuchte sie jedoch locker zu bleiben. «Weißt du was?», sagte sie zu Angel. «Ich muss gehen ... mir 'ne Tüte übern Kopf ziehen.»

Aber Angel ließ sich nicht täuschen. Er betrachtete ihre

gequälte Miene, und seine Stimme wurde sanft. «Hör doch nicht auf sie. Du siehst toll aus.»

«Du bist süß.» Buffy lächelte grimmig. «Ein furchtbarer Lügner, aber süß.»

Wieder wandte sie sich zum Gehen. Da spürte sie Angels Hand auf ihrem Arm.

«Ich dachte, wir hätten ein … du weißt schon.»

«Ein Date?» Buffy wandte sich wieder ihm zu, und ihre Entschlossenheit geriet ins Wanken. Sie sprach ganz leise, aber ihre Stimme verriet, dass sie den Tränen nahe war. «Habe ich auch gedacht. Aber wem will ich denn hier was vormachen? Dates sind etwas, das normale Mädchen haben. Mädchen, die Zeit haben, an Nagellack zu denken und an Gesichtsmasken und all so 'n Zeugs. Willst du wissen, woran ich denke? An Guerillataktik. An Enthauptungen. Nicht gerade der Stoff, aus dem die Träume sind.»

Angel starrte sie an. Er konnte ihren Schmerz fühlen, wusste aber nicht, was er zum Trost sagen sollte. Während er ihr nachsah, schwebte Cordelia auf ihn zu, in jeder Hand eine Tasse. Sie lächelte triumphierend.

«Einen Cappuccino?»

Zwei

«Freiwillige vor» stand auf den Schildern. «Für ein sicheres und fröhliches Halloween».

In den Fluren der Sunnydale High summte es wie in einem Bienenkorb. Überall waren Halloween-Dekos aufgehängt. In einer Halle stand ein langer Tisch, an dem eine ganze Reihe Kids hinter säuberlich ausgelegten Listen saßen. Daneben stand Snyder, der Schuldirektor. Er hatte die

Arme vor der Brust verschränkt und ließ seine wachen Augen über die Menge schweifen. Heute sah er noch verschlagener aus als sonst. Völlig klar, er lag auf der Lauer.

Ein Mädchen schlenderte nichts ahnend vorbei, als er es am Arm festhielt.

«Hey!», rief die Schülerin verblüfft. Sie versuchte sich loszuwinden, doch der Griff des Rektors war eisern.

«Sie werden Freiwillige!», befahl er.

«Aber ich muss doch in meine Klasse ...»

Sein Griff schloss sich noch ein wenig fester um ihren Arm. Er schob sie in Richtung Tisch, auf dem die Listen auslagen. Genau in diesem Augenblick spazierten Buffy, Xander und Willow vorüber und machten große Augen.

«Snyder soll sich anscheinend dieses Jahr um die Rekrutierung der Freiwilligen kümmern», bemerkte Willow.

Xander zog die Schultern hoch und bohrte seine Hände tiefer in die Taschen. «Interessant, wie er den Begriff ‹Freiwillige› auslegt», meinte er trocken.

Buffy warf einen argwöhnischen Blick auf den Tisch. «Worum geht's?»

«Die Kleinen brauchen Leute, die sie an Halloween auf ihrer Sammeltour begleiten», erklärte Xander abgrundtief gelangweilt. «Trag dich nur ein, dann kriegst du deine eigene Truppe süßigkeitensüchtiger Rotznasen.»

«Igitt! Da bleib ich doch lieber bei den Vampiren ...»

Buffy hielt abrupt inne, als sie eine Hand auf ihrer Schulter spürte. Rektor Snyder blickte mit unverhohlenem Grinsen auf sie herab.

«Ms. Summers. Genau die jugendliche Missetäterin, nach der ich gesucht habe.»

«Rektor Snyder», sagte Buffy, bemüht, höflich zu klingen.

Es fiel ihr stets schwer, beim Anblick dieses Mannes ernst zu bleiben. Mit seiner Halbglatze und den riesigen Ohren sah er einem Troll erstaunlich ähnlich.

«Halloween muss ja für Sie ein ganz besonderer Abend sein, was?», fuhr der Rektor sarkastisch fort. «Da darf man mit Eiern werfen. Sie gezielt auf Autos schmeißen. Die ganze Nachbarschaft mit Hilfeschreien um den Verstand bringen. Tja, mein Fräulein – aber heute läuft das nicht.»

Bevor Buffy antworten konnte, schob er sie mit Nachdruck auf den großen Tisch zu. Xander und Willow trabten widerwillig hinterher.

«Mein Gott, wie gerne würde ich hier mitmachen», schwärmte Buffy, während sie verzweifelt nach einer Ausrede suchte, «aber leider hab ich vor kurzem ... das Handwurzel-Tunnel-Syndrom bekommen und kann leider keine Taschenlampe mehr halten.»

Rektor Snyder drückte ihr einen Kugelschreiber in die Hand. Willow sah langsam etwas beunruhigt aus.

«Die Begleitung beginnt um vier, um sechs müssen die Kinder zu Hause sein», erklärte Snyder.

Buffy starrte ungläubig auf eine lange Liste von Namen.

Xander und Willow blickten einander an und dann auf die Kugelschreiber, die Rektor Snyder ihnen entgegenhielt.

Da jeder Widerstand zwecklos schien, trugen sie sich ein.

«Ich glaub's einfach nicht!», grollte Xander, als die drei in die Cafeteria gingen. «Sollen wir uns jetzt etwa auch noch verkleiden?»

«Snyder sagte, Kostüme seien Pflicht», seufzte Willow.

Buffy rang sich ein gequältes Lächeln ab. «Na toll! Ich wollte eigentlich zu Hause bleiben und mal richtig abhängen. Halloween ist die einzige Nacht im Jahr, in der es für mich ruhig läuft.»

«Halloween soll's ruhig sein?» Xander warf ihr einen verdutzten Blick zu. «Ich dachte, Halloween wäre die große Vampir-Angstmach-Party.»

«Giles meint nicht. Er schwört, dass morgen Abend für die Untoten so was wie eine tote Nacht ist. Sie bleiben alle daheim.»

«Diese durchgeknallten Vampire!» Xander schüttelte den Kopf. «Das liebe ich so an ihnen: Immer geben sie dir neue Rätsel auf.»

Er blieb am Getränkeautomaten stehen, während sich Buffy und Willow an einen Tisch setzten. Xander warf ein paar Münzen in den Automaten und wartete auf seine Limonade, aber nichts geschah. Er schlug mit der Faust gegen den Automaten und stieß ein paar ausgesuchte Flüche aus.

«Harris!», dröhnte eine Stimme.

Xander blickte auf und sah, wie sich eine große, fleischige Hand auf seine Schulter senkte. Die Hand gehörte Larry, einem gemeingefährlichen Bodybuilder, der nicht gerade zu Xanders Freunden zählte.

«Larry», grüßte Xander ihn cool. «Na, alter Neandertaler, was kann ich für dich tun?»

Larry warf einen Blick zum Tisch, an dem Buffy und Willow saßen. Die beiden Mädchen waren so ins Gespräch vertieft, dass sie es nicht bemerkten.

Larry beugte sich vertraulich vor. «Du und Buffy – ihr seid doch nur befreundet, oder?»

«Ich betrachte es weniger als Freundschaft, sondern als feste Grundlage für ein zukünftiges Glück», konterte Xander.

«Also ist sie nicht deine Freundin?», hakte Larry ungehalten nach.

«Leider nein.»

«Glaubst du, sie würde mit mir ausgehen?»

«Tja, Larry, das ist schwer zu sagen … aber wenn ich's mir recht überlege, hast du keine Schnitte.»

«Warum denn nicht? Ich habe von ein paar Typen gehört, dass sie ein echt heißer Feger ist.»

Xander fing langsam an zu kochen. «Was willst du denn damit sagen?»

«Du weißt schon, was ich meine», entgegnete Larry und grinste ihn anzüglich an.

Xander wurde rasend. Er packte Larry am T-Shirt und zog ihn zu sich herunter. «Du redest hier über meine Freundin», gab er dem Hünen zu verstehen.

Larry war nicht besonders beeindruckt und schon gar nicht eingeschüchtert. Er fand Xanders Ausbruch witzig und fühlte sich nun erst recht zum Streit angespornt. Mit einem schiefen Grinsen richtete er sich zu seiner vollen Größe auf.

«Ach ja? Und was willst du dagegen machen?»

Xander wich nicht von der Stelle. «Ich mache, was jeder Mann dagegen tun würde», stotterte er. «Etwas … verdammt Tapferes.»

Mit einem heftigen Schubs versuchte er, Larry gegen den Getränkeautomaten zu drücken, vermochte seinen Gegner aber kaum von der Stelle zu bewegen. Voller Angst sah er, wie Larry ausholte und auf sein Gesicht zielte – und stellte sich in Gedanken auf die zu erwartende Verstümmelung ein.

Aber nichts passierte. Im letzten Augenblick hatte sich eine andere Hand zwischen Larrys Faust und Xanders Gesicht geschoben. Buffy packte Larry an den Schultern, drehte ihm die Arme auf den Rücken und knallte ihn mit Wucht gegen den Automaten.

Eine Gratislimonade fiel in den Schacht.

«Hau ab», sagte Buffy.

Während Larry gehetzt davonrannte, fischte sie eine Dr.-Pepper-Limonade heraus und grinste erfreut. «Ohhh. Diätlimo.»

Dann erst registrierte sie, dass Xander völlig versteinert dastand und sie entgeistert anstarrte.

«Weißt du, was du gerade getan hast?», brach es aus ihm heraus.

Buffy überlegte. «'n Dollar gespart?»

«Larry wollte mich gerade verprügeln!», rief Xander.

«Ach das», sagte Buffy mit einem Schulterzucken. «Vergiss es einfach!»

Xander funkelte sie wütend an. «Werde ich!», fauchte er. «Vielleicht so in zwanzig bis dreißig Jahren. Wenn mein Ruf als Schwächling allmählich verblasst ist.»

Buffy war völlig überrascht. «Xander, was ist denn mit dir los?»

«Ein blaues Auge heilt wieder», belehrte er sie. «Aber Feigheit hängt einem das ganze Leben an. Trotzdem danke, Buffy. Danke für deine Hilfe.»

Er stampfte davon. Buffy und Willow warfen sich viel sagende Blicke zu.

«Ich habe wohl gerade die Regeln der Männerwelt verletzt», gab Buffy zu. «Ist ja super gelaufen.»

Sie setzte sich wieder, während Willow seufzte und beifällig nickte.

«Der arme Xander. Jungs sind ja so empfindlich.» Dann hellte sich ihr Gesicht auf. «Da fällt mir ein – wie war denn dein Date gestern Abend?»

«Ein Fehlschlag.» Buffy runzelte die Stirn. «Ich habe mich verspätet, weil mir ein außerplanmäßiger Vampir übern Weg gelaufen ist. Außerdem sah ich aus wie aus dem Mülleimer gezogen.»

«War Angel wütend?»

«Ehrlich gesagt, schien er alles andere als wütend zu sein. Was vielleicht damit zusammenhing, dass Cordelia ihm bei einem Cappuccino schöne Augen machte.»

Willow lächelte ihre Freundin aufmunternd an. «Buffy, Angel würde nie auf ihre Show reinfallen.»

«Meinst du diese ‹Zufällig aufkreuzen, ein tolles Outfit tragen und mit den Wimpern klimpern›-Show?»

«Du weißt, was ich meine. Sie ist nicht sein Typ.»

«Bist du sicher? Ich meine, ich weiß gar nicht so genau, wer sein Typ ist.» Buffy klang mutlos und ein wenig traurig. «Ich weiß nicht, was ihn anmacht oder abturnt oder wie er sich einen gelungenen Abend vorstellt. Ich kenne ihn ja noch nicht mal ein Jahr, und er ist nicht sonderlich mitteilsam.»

Willow hörte mitfühlend zu. «Stimmt. Es ist zu dumm, dass wir nicht in den Tagebüchern der Wächter nachgucken und alles über Angel nachlesen können. Ich bin sicher, da stehen jede Menge Details drin.»

Buffy starrte Willow an. Die *Tagebücher der Wächter!* In ihrem Kopf begannen die Gedanken zu rotieren, und schon nahm ein Plan Gestalt an.

«Ja, das ist zu dumm», sagte sie uninteressiert. «Diese Bücher sind höchst privat.»

«Und außerdem hat Giles sie im Büro, unter seinen Personalakten.»

Buffys Stimme senkte sich zu einem verschwörerischen Flüstern. «Und außerdem ist es *verboten*.»

Drei

Buffy und Willow linsten durch die Tür der Bibliothek. Drinnen war es still, weit und breit kein Mensch zu sehen. Die beiden Mädchen blickten sich an. Dann schlich Buffy auf Zehenspitzen in den Raum, während Willow in der offenen Tür Wache stand.

Da die Tagebücher in Giles' Büro waren, lenkte Buffy ihre Schritte zielsicher dorthin. *Schnell rein und schnell wieder raus, gar kein Problem.* Sie war so auf ihr Vorhaben konzentriert, dass sie Giles, der zwischen den Regalen hervorkam, gar nicht bemerkte.

«Buffy», sagte er. «Das passt ja ausgezeichnet.»

Buffy machte einen Luftsprung, als wäre sie angeschossen worden. Sie wirbelte herum. Ihre Stimme klang unnatürlich hoch. «Äh – ja! Hi.»

Giles musterte sie argwöhnisch, doch dann zuckte er mit den Achseln.

«Ich wollte mit dir über morgen Nacht sprechen», sagte er, während er einen Stapel Bücher zum Tisch schleppte. «Weil es vermutlich ruhig bleiben wird, dachte ich, wir könnten mal ein paar neue Kampftechniken einüben …»

«Wissen Sie, Giles», fiel Buffy ihm ins Wort, «Sie machen mir echt Angst.» Sie warf einen Blick auf die Tür. «Sie sollten sich auch mal ein bisschen amüsieren.»

Sie trat näher, während er seine Bücher ordnete. Und dann winkte sie so verstohlen wie möglich Willow zu und bedeutete ihr hereinzukommen. Willow blickte sie entsetzt an. Entschlossen schüttelte sie den Kopf. Ihre Lippen formten ein stummes *Nein!*, doch Buffy winkte nur noch heftiger. Daraufhin ergab sich Willow in ihr Schicksal, holte tief Luft und schlich hinter Giles' Rücken in die Bibliothek.

«Kennen Sie dieses phantastische Teil, wo man hingeht und sich's im Dunkeln gemütlich macht?», fuhr Buffy hastig fort, um Giles' Aufmerksamkeit zu fesseln. «Da gibt's diese bewegten Bilder. Und die Bilder erzählen eine Geschichte …»

Giles zog amüsiert eine Augenbraue hoch. «Ha, ha. Sehr witzig. Ich habe, wie du vielleicht weißt, sehr viele entspannende Hobbys.»

«Welche zum Beispiel?»

«Nun …» Er hatte in einem dicken Wälzer geblättert, hörte nun aber damit auf, weil er offenbar angestrengt nach einer Antwort suchte. «Ich beschäftige mich gern mit Querverweisen.»

Buffy schüttelte nur missbilligend den Kopf. «Flicken Sie Ihre Hemden auch selber, oder geben Sie die zur Schneiderin?»

Unversehens schlug Giles sein Buch zu. Er machte einen Schritt vorwärts, als wollte er in sein Büro gehen. Erschrocken blieb Willow wie angewurzelt stehen. Buffy suchte fieberhaft nach einem neuen Thema, um Giles abzulenken.

«Woran liegt es denn, dass es zu Halloween so langweilig ist?», fragte sie hastig. «Geht es den Dämonen auf den Keks, dass alles so kommerziell geworden ist?»

Es funktionierte: Giles blieb stehen und sah sie an. «Nun, das ist eine sehr interessante Frage», begann er.

Willow hatte fast die Bürotür erreicht, als Giles seinen Bücherstapel hochheben wollte. Buffy schnappte sich das oberste Buch und ging damit auf die andere Seite des Tischs, um ihn abzulenken.

«Aber nicht für dich, wie ich stark annehme.» Giles runzelte argwöhnisch die Stirn und nahm ihr das Buch weg. «Was willst du nun wirklich wissen?»

Willow blieb stehen. Jetzt würden sie gleich erwischt, sie ahnte es.

«Natürlich finde ich das interessant!», beharrte Buffy begeistert. «Schließlich bin ich die Jägerin! Ich muss doch über alles Bescheid wissen! Sie können mich nicht länger darüber im Unklaren lassen!»

Wieder wollte Giles den Bücherstapel hochheben. Buffy hielt ihn am Arm fest. «Schauen Sie mich gefälligst an, wenn ich mit Ihnen rede!», platzte sie heraus.

«Buffy», sagte Giles ein wenig verärgert, «ich hab nicht den ganzen Tag Zeit für diese Spielchen ...»

«Ms. Calendar behauptet, Sie wären ein knuffiger Typ.»

Giles hielt inne. Buffy grinste. Willow verdrehte die Augen und gab Buffy stumm «Schäm dich, das ist echt billig» zu verstehen.

Einen langen Moment herrschte Schweigen. Dann endlich sah Giles Buffy wieder in die Augen. Seine sonst so kühle Haltung begann sichtlich zu bröckeln. «Sie hat *was* gesagt?», fragte er leise.

Willow schlüpfte in Giles' Büro und fing an, die Tagebücher einzupacken.

«Sie ... sie sagte», stammelte Buffy, «na, Sie wissen schon ... dass Sie echt scharf wären. Ein toller Typ oder so. Na – wie finden Sie das?»

«Ich, äh ...» Giles nahm seine Brille ab und begann nervös mit ihr herumzuspielen. «Äh, ich verstehe nicht ganz – ein toller Typ?»

«Wissen Sie», sagte Buffy und schnitt eine Grimasse, «so seltsam es mir auch vorkommt, dass ihr Erwachsenen ebenso eure Techtelmechtel habt ... ich finde, Sie sollten die Gelegenheit beim Schopf ergreifen.»

Erleichtert sah sie, dass Willow mit den Tagebüchern unterm Arm aus dem Büro schlüpfte und geschwind zur Tür eilte. Mission erfolgreich beendet. Bloß – Giles starrte sie immer noch entgeistert an, und sie musste nun schleunigst einen Ausweg aus der Situation finden.

«Buffy», sagte der Bibliothekar schließlich und setzte seine Brille wieder auf. «Ich weiß deine Anteilnahme zu schätzen, aber ...»

«Ich habe meine Grenzen überschritten!», gab Buffy blitzschnell zu. «Das geht mich doch wirklich nichts an. Meine Güte, was hab ich mir nur dabei gedacht? Ich muss jetzt gehen.»

Sie flitzte aus der Bibliothek und verschwand im Korridor. Giles starrte ihr völlig verblüfft nach.

Einige Minuten verstrichen.

«Ein toller Typ?», murmelte Giles. Dann lächelte er. «Nun, damit kann ich leben.»

Im Waschraum der Mädchen saßen Buffy und Willow Seite an Seite auf einem Waschbecken und studierten die Tagebücher der Wächter. Noch nie hatten sie etwas so Faszinierendes gelesen. Willow blätterte langsam die Seiten um. Plötzlich legte Buffy den Finger auf eine Seite.

«Wow», staunte sie, «guck dir die mal an.»

Es war die Zeichnung einer Frau – einer unglaublich schönen Frau mit langem dunklen Haar. Sie trug ein Kleid mit weit schwingendem Rock, wie es im 18. Jahrhundert Mode war.

«Wer ist das?», fragte Willow.

«Das steht nicht dabei. Aber laut Tagebucheintrag stammt das Bild aus dem Jahre 1775.»

«Da war Angel achtzehn», sagte Willow. «Und noch ein Mensch.»

Buffy lächelte gequält. «Das war also der Typ Frau, der ihm gefiel. Sie ist so hübsch ... frisiert.»

«Sie sieht aus wie eine Adelige oder so was», meinte Willow, «und das bedeutet, dass es zu ihrem Job gehörte, schön auszusehen.»

«Und darin war sie bestimmt perfekt. Willow, ich werde bestimmt nie so aussehen ...» Buffys Stimme klang traurig.

«Komm schon», tröstete Willow ihre Freundin, «so hübsch ist sie nun auch wieder nicht. Sie hat so eine komische Taille. Siehst du, wie dürr die ist?»

Buffy warf ihr einen vernichtenden Blick zu. «Danke schön. Ich fühl mich schon viel besser.»

«Nein, ehrlich», versuchte Willow zu retten, was zu retten war, «sie sieht aus wie eine Gruselfigur. Aus dem Kuriositätenkabinett.»

Aber Buffy hörte nicht mehr zu. Stattdessen dachte sie an Angels geheimnisvolle Vergangenheit, in der er jung und sterblich gewesen war.

«Es muss wunderbar gewesen sein», sagte sie verträumt. «In so einem fabelhaften Kleid auf einen Ball zu gehen, Diener und Pferde zu haben und Schränke voller toller Sachen ...»

«Ja», unterbrach Willow zögernd. «Trotzdem gefällt es mir besser, dass ich wählen gehen kann. Also, wählen gehen *werde,* wenn ich alt genug bin.»

In dem Moment flog die Tür zur Toilette auf und riss Buffy aus ihren Gedanken. Sie blickte auf. Cordelia fegte an ihr vorbei auf die Spiegel zu.

«Das war wirklich nicht nett von dir, Buffy!» Cordelia holte ihren Lippenstift aus der Tasche und beugte sich vor, um ihr Spiegelbild zu begutachten. «Bist einfach gestern

Abend davongerannt und hast den armen Angel sitzen lassen. Ich habe alles getan, um ihn zu trösten.»

«Das kann ich mir vorstellen!», gab Buffy grimmig zurück.

«Was ist das überhaupt für ein Typ? Ich habe ihn noch nie irgendwo gesehen.»

«Jedenfalls nicht am Tag», murmelte Willow.

Cordelia hielt mitten im Schminken inne. Fast widerwillig wandte sie sich zu Buffy um. «Jetzt sag bloß nicht, er wohnt noch bei seinen Eltern. Oder dass er immer warten muss, bis sein Dad heimkommt, um den Wagen zu kriegen.»

Buffy schüttelte den Kopf. «Ich glaube, seine Eltern sind seit, ähm, ungefähr ein paar Jahrhunderten tot.»

«Ach so. Äh – was hast du da gesagt?»

«Er ist ein Vampir, Cordelia», erklärte Buffy geradeheraus. «Ich dachte, du wüsstest das.»

Cordelia starrte sie sprachlos an. Dann stopfte sie seelenruhig ihr Make-up wieder in die Handtasche.

«Ach so. Er ist ein Vampir. Völlig klar. Aber von der knuffigen Sorte. Wie so ein Teddybär mit Reißzähnen.»

«Es ist wahr», betonte Willow.

Cordelia verschränkte die Arme vor der Brust. «Weißt du, was ich glaube? Ich glaube, du willst mich vergraulen, weil du vor der Konkurrenz Angst hast.» Sie schwieg einen Moment und fügte dann süffisant hinzu: «Sieh mal, Buffy, du magst ja eine echte Spezialistin sein, wenn's um Dämonologie geht oder so – aber wenn's um Verabredungen geht, bin ich die Jägerin!»

Damit machte sie auf dem Absatz kehrt und stolzierte aus dem Raum.

Buffy schaute ihr bekümmert hinterher. Sie mochte nicht zugeben, wie tief diese Worte sie getroffen hatten.

Vier

Obwohl *Ethan's Costume Shop* heruntergekommen wirkte und muffig roch, gab es dort jedes Kostüm, das man sich nur vorstellen konnte.

Heute war es in dem Laden brechend voll. Ein Haufen von Kids wühlte an Ständern und in Regalen, suchte in Kisten und Kästen nach dem perfekten Halloweenkostüm. Das Angebot schien unerschöpflich.

Buffy lief zwischen endlosen Reihen von Kleidern, Hüten und Masken herum und suchte nach etwas Passendem. Doch sosehr sie sich auch bemühte, sie konnte kaum die richtige Laune für Halloween aufbringen. Mechanisch drängte sie sich durch die aufgeregten Teenager und wünschte nur, Halloween möge dieses Jahr abgesagt werden. Am besten wäre es, wenn sie im Bett bleiben könnte.

Sie blickte auf, als Willow auf sie zukam, und versuchte, wenigstens ein bisschen Begeisterung zu zeigen. «Was hast du denn gefunden?»

«Einen zeitlosen Klassiker», sagte Willow voller Stolz.

Buffy schaute zu, wie Willow ein Kostüm aus der Verpackung zog. Auf dem Schild stand ‹Grässliches Gespenst›, und das Foto zeigte einen Menschen in einem langen weißen Geisterlaken, mit leeren Augenhöhlen und einem gespenstischen Grinsen. Auf der Brust prangte ein aufgedrucktes ‹Buh!›.

Buffy unterdrückte nur mühsam ein Grinsen. «Willow, darf ich dir einen freundschaftlichen Rat geben?»

Willow sah sie besorgt an. «Ist es nicht gruselig genug?»

«Doch! Es geht nur darum, dass du nie irgendwelche Aufmerksamkeit bekommen wirst, wenn du dich immer versteckst», versuchte Buffy ihr zu erklären. «Du hast einfach den Sinn von Halloween nicht kapiert.»

«Dass man umsonst Bonbons kriegt?», erkundigte sich Willow.

«Halloween ist die Nacht, in der man eben *nicht* in seinem normalen Outfit erscheint. Es ist *die* Chance für ein Mädchen, sexy zu sein und über die Stränge zu schlagen, ohne dass es ein Nachspiel hat.»

«Ich kann nicht über die Stränge schlagen», entgegnete Willow. «Für mich klingt das total bescheuert.»

«Du könntest, wenn du wolltest, Will», widersprach Buffy mit Nachdruck. «Du hast bloß nicht den Mut …»

Sie brach ab, als Xander herüberkam. Buffy merkte sofort, dass er immer noch wütend auf sie war. Willow packte die Gelegenheit beim Schopf und wechselte das Thema.

«Hey, Xander. Was hast du denn ergattert?»

Xander öffnete die Einkaufstüte und zog ein orangefarbenes Maschinengewehr aus Plastik heraus.

«Aber das ist doch kein Kostüm», belehrte ihn Buffy.

«Ich hab noch ein paar Sachen aus dem Army-Secondhandshop zu Hause», erklärte Xander. Und in einer kläglichen Nachahmung von Schwarzenegger fügte er hinzu: «Nenn mich den König des Zweidollarkostüms, Baby.»

Buffy holte tief Luft und wagte sich an das heikle Thema: «Hey, Xander, wegen heute Morgen. Es tut mir echt Leid …»

«Was kümmert es dich noch, Buffy? Ich versuch's zu vergessen.»

«Ich verspreche dir, von jetzt an kannst du dich verprügeln lassen, von wem du willst.»

Xander überlegte kurz. Er konnte nie lange auf jemanden böse sein.

«Danke», sagte er schließlich. «Okay. Und ehrlich gesagt, glaube ich schon, dass ich den …»

Er brach mitten im Satz ab, als er merkte, dass Buffys Aufmerksamkeit von etwas ganz anderem gefesselt wurde.

«Hallo?» Er stieß Buffy an. «Das war unsere rührende Versöhnung, die du da gerade so schnöde unterbrochen hast.»

«Sorry», murmelte Buffy. «Es ist bloß … guckt euch das dahinten an!»

Xander und Willow drehten sich um. Sie folgten Buffys Blick zur Rückwand des Ladens.

Eine Schaufensterpuppe war mit einem eleganten roten Kleid im Stil des 18. Jahrhunderts bekleidet. Die Robe floss in reichen Satin- und Spitzenfalten bis zum Boden. Der Rock hatte vorne einen schmalen rosafarbenen Besatz, umrahmt von kleinen, zierlich geknüpften Schleifen. Zarteste Spitze betonte den tiefen, rechteckigen Ausschnitt und fiel in Kaskaden von den Ärmeln herab.

Willow schnappte nach Luft.

Das Kleid sah genauso aus wie das in den Wächtertagebüchern.

Buffy schien wie hypnotisiert. Ohne den Blick abzuwenden, ging sie langsam auf das Kleid zu. Willow und Xander folgten ihr.

«Es ist sagenhaft», flüsterte Willow, doch Xander schüttelte nur den Kopf. «Viel zu üppig. Mir gefallen Frauen in Stretch besser.»

Buffy blieb vor dem Kleid stehen. Sie wollte es gerade vorsichtig berühren, als plötzlich ein Mann aus dem Hinterzimmer trat und auf sie zukam.

Ethan Rayne war der Ladeninhaber. Ein großer, unauffällig gekleideter Mann, dessen Erscheinung eine gewisse Eleganz anhaftete. Seine Augen blitzten teuflisch, sein Lächeln war freundlich und irgendwie geheimnisvoll, und seine Stimme besaß einen leichten britischen Akzent.

«Bitte.» Er trat neben Buffy und streckte die Hand nach dem Kleid aus. «Lassen Sie mich das machen.»

Buffy schüttelte staunend den Kopf. «Es ist ...»

«Prachtvoll», ergänzte er. «Ich weiß.»

Behutsam hob er das Gewand von der Schaufensterpuppe und hielt es fast ehrfürchtig vor Buffys Körper.

«Junge, Junge», murmelte Ethan Rayne. «Seht euch die verborgene Prinzessin an.»

Und in der Tat schien Buffy wie durch einen Zauber verwandelt. Sogar Willow und Xander konnten nicht umhin, sie stumm und ergriffen anzustarren. Sie sah einfach umwerfend aus.

«Ich glaube, wir kommen ins Geschäft», schnurrte Ethan. «Meinen Sie nicht auch?»

Als wäre der Zauber plötzlich gebrochen, trat Buffy einen Schritt zurück und schüttelte den Kopf. «Tut mir Leid, aber dieses Kleid kann ich mir auf keinen Fall leisten.»

«Unsinn», beruhigte Ethan sie. «Ich werde Ihnen ein Angebot machen, das Sie nicht ablehnen können.»

Buffys Gesicht strahlte. «Wirklich?» Sie drückte das Gewand wieder an ihre Brust und wandte sich dem Spiegel zu.

Ethan Rayne lächelte.

Fünf

Die alte Fabrik war schon vor langer Zeit stillgelegt worden. Sie lag abgelegen in einem besonders verrufenen Stadtviertel, und seit etlichen Jahren hatte sich niemand mehr in das verfallene Gebäude gewagt. Nur die Ratten waren mutig genug gewesen, dieses hässliche Gemäuer zu besiedeln.

Bis die Vampire kamen.

«Jetzt kommt's», sagte Spike.

Er stand in einem Raum, der von blassblauem Licht erfüllt war. Es stammte von den zahlreichen Fernsehern, die an einer Wand aufgereiht standen. Alles, auch Spikes weißes Haar und seine gut geschnittenen Gesichtszüge, wurde in einen geisterhaften Schein getaucht. Während Spike wie gebannt auf die flackernden Schirme starrte, erschien auf jedem dasselbe Bild.

Buffy. Es war die Aufzeichnung ihres Kampfes im Kürbisfeld.

Hinter Spike stand der Vampir, der letzte Nacht im Gebüsch versteckt diese Aufnahme gemacht hatte.

Nun sah man auf dem Bildschirm, wie Buffy auf die Kürbislaterne fiel und sie dabei zerquetschte. Dann stand sie auf ... und warf einen kleineren Kürbis auf den Angreifer.

«Spul zurück», befahl Spike. «Ich will es nochmal von vorne sehen.»

Spike schien äußerst nervös zu sein. Ruhelos durchmaß er den Raum und blickte mit zusammengekniffenen Augen auf die bewegten Bilder.

«Sie ist gerissen.» Spikes Stimme klang amüsiert, fast erfreut. «Das Baby spielt gerne.»

Der Film begann von neuem. Diesmal konzentrierte sich Spike auf den Teil, in dem Buffy den Stiel des Holzschildes dazu benutzte, den Vampir zu pfählen.

«Siehst du das? Wie sie ihn mit diesem Holzteil erledigt?» Spike konnte nicht verhehlen, dass er Buffy bewunderte. «Das nenne ich clever.»

Er schritt auf und ab, bis er plötzlich innehielt. «Spul's nochmal zurück.»

Da ertönte eine Stimme hinter ihm. Eine sanfte, seidenweiche Stimme, eine unheimliche Mischung aus träumerischer Verführung und kindlicher Unschuld.

«Miss Edith wünscht ihren Tee», sagte die Stimme.

Spike musste sich nicht erst umdrehen, um zu wissen, dass dort Drusilla mit einer ihrer Puppen im Arm stand, die sie fest gegen die Brust gedrückt hielt. Und es spielte keine Rolle, wie viele Jahrhunderte er sie schon vergötterte – wenn sie ihm nahe kam, fühlte er wieder seine große Liebe zu ihr.

«Komm her, Pudel.»

Wie immer veränderte sich seine Stimme, wenn er zu Drusilla sprach: Sie klang fürsorglich, fast zärtlich. Doch selbst in diesem Augenblick fesselte das Video mit Buffy seine Aufmerksamkeit.

Drusilla schwebte zu ihm herüber. Er legte den Arm um ihre zerbrechlichen Schultern.

«Liebst du auch mein inneres Wesen?», flüsterte Drusilla. «Das, was du nicht sehen kannst?»

«Von den Augäpfeln bis zu den Eingeweiden, meine Süße. Deshalb muss ich doch diese Jägerin genau studieren. Wenn ich sie erst einmal kenne, kann ich sie auch töten. Und wenn ich sie getötet habe, wirst du freie Verfügung über dieses ‹Sunnyhell› haben und wieder zu Kräften kommen.»

«Mach dir keine Sorgen», versicherte Drusilla. «Alles verändert sich. Was außen war, wird innen sein.» Sie gurrte leise an seinem Hals. «Es macht sie schwach.»

Sofort richtete sich Spike auf. «Wirklich?», begann er vorsichtig. «Hatte mein Liebling eine Vision?»

«Weißt du, was ich wirklich vermisse?» Drusillas Stimme nahm einen trotzigen Klang an. «Blutegel.»

«Nun komm», drängte Spike und lachte leise. «Sag es Daddy. Dieses Ding, das die Jägerin schwächt ... Wann soll das passieren?»

«Morgen.»

«Aber morgen ist Halloween. An Halloween geschieht gar nichts.»

Drusilla schüttelte den Kopf. «Jemand ist gekommen, um all dies zu ändern.»

Sie neigte den Kopf zurück, sodass er im Schatten lag.

«Jemand Neues», flüsterte sie.

Ethan's Costume Shop war geschlossen. Der letzte Kunde hatte endlich den Laden verlassen. Trotzdem war noch jemand da. Eine hoch gewachsene Gestalt ging leise ins Hinterzimmer. Sie trug ein langes schwarzes Gewand mit Kapuze.

Ethan Rayne trat neben einen Altar und entzündete die schwarzen Kerzen, die ringsum aufgestellt waren.

Vor ihm, genau in der Mitte des Kreises, stand die Marmorbüste einer Frau. Ihre Züge waren schön und heiter. Ethan kniete vor der Büste nieder und begann zu beten. Er presste die Hände fest zusammen, dann öffnete er sie wieder.

Seine Handflächen begannen zu bluten. Das Blut rann in Strömen aus Wunden, die an die Stigmata Christi erinnerten.

«Die Welt, die dich verleugnet, bewohnest du doch», betete Ethan. «Den Frieden, der dich verleugnet, brichst du doch.»

Er tupfte das Blut auf seine Augenlider und malte sich ein blutiges Kreuz auf die Stirn.

«Chaos», murmelte er. «Ich bin auf ewig dein getreuer, entarteter Diener.»

Er wusste um die wahre Macht der Figur.

Die Rückseite der Büste sah völlig anders aus als die Vorderseite. Sie war weder schön, noch brachte es inneren Frieden, sie zu betrachten.

Sie zeigte ein grässliches, erschreckendes Männerantlitz. Eine Maske des reinen Bösen.

Sechs

Halloween begann als kalter, klarer Tag.

Eine gewisse Aufregung lag in der Luft, und die Schule war früher aus, damit die ‹Freiwilligen› nach Hause gehen und sich verkleiden konnten.

Buffy stand in ihrem Zimmer und betrachtete ihr Spiegelbild. Sie trug das Kleid aus *Ethan's Costume Shop*. Einen Augenblick lang glaubte sie fast, wirklich in die Zeit zurückversetzt worden zu sein. Ihr Haar – eine brünette Perücke – türmte sich kunstvoll auf ihrem Kopf. Es wurde von einem altmodischen Kamm gehalten, aber ein paar Strähnen hatten sich gelöst und umspielten ihr Gesicht. Um den Hals trug sie eine hübsche, mit edlen Steinen besetzte Kette. Buffy fand, sie sehe wie eine Märchenfee aus. Niemals hatte sie das Gefühl gehabt, so schön zu sein.

Wie die Frau aus dem Tagebuch. Wie die Frau, die Angel einmal geliebt hat …

«Wo triffst du dich mit Angel?» Willows Stimme, die aus dem Bad tönte, riss Buffy aus ihren Gedanken.

«Hier. Wenn die Kleinen ihre Süßigkeiten eingeheimst haben. Mom geht aus.»

«Weiß er, welches Kostüm du trägst?»

«Nein. Ich werde ihm zeigen, dass ich mit den Besten aus seiner Vergangenheit konkurrieren kann!» Buffy lächelte ihrem Spiegelbild zu. «Jetzt komm schon raus, Will. Du kannst doch nicht ewig da drin bleiben.»

«Okay», antwortete Willow zögernd. «Aber nicht lachen.»

«Ich werd doch nicht ...»

Buffy blieben die Worte im Hals stecken. Willow kam aus dem Bad, und Buffy starrte sie mit offenem Mund an. Ihre Freundin hatte Make-up aufgelegt und das Haar zu einem lockeren Knoten hochgesteckt. Hautenges, bauchfreies Wickeltop, lederner Minirock, kniehohe Stiefel – Willow hatte sich in die reinste Rockerbraut verwandelt. Absolut hinreißend. Und total niedergeschlagen.

«Wow!», staunte Buffy nur.

Willow blickte auf ihren Ausschnitt runter, schnappte sich das Geisterbettlaken und strebte wieder Richtung Badezimmer.

«Will!» Buffy streckte die Hand aus und versuchte sie zurückzuhalten. «Du siehst super aus. Ganz ehrlich!»

«Aber das bin ich einfach nicht», entgegnete Willow.

«Darum geht's doch gerade! Halloween ist die Nacht, in der du das bist, was du eigentlich nicht bist, kapiert?»

Willow dachte noch über die Bedeutung des Satzes nach, als es klingelte.

«Das ist Xander», kündigte Buffy an. «Bist du bereit?»

Willow zögerte, dann stieß sie einen tiefen Seufzer aus. «Ja. Okay.»

Sie lächelte tapfer, aber Buffy ließ sich nicht täuschen: Willow erinnerte sie an ein Reh, das von einem Autoscheinwerfer geblendet wird. Das Reh verschränkte nun die

Arme vor der entblößten Taille. Furcht stand in seinen Augen.

«Total cool!», versicherte ihr Buffy. «Ich kann's gar nicht abwarten, die ganzen Jungs zu sehen, die bei deinem Anblick keinen Ton mehr rauskriegen.»

Sie rannte die Treppe hinunter und riss die Tür auf. Getreu seiner Ankündigung trug Xander ein billiges Armee-Outfit – Tarnhose und -jacke, Tank-Top und Fliegerbrille – und dazu das Spielzeuggewehr.

Er baute sich vor Buffy auf und salutierte. «Gefreiter Harris. Melde mich …»

Dann verstummte er abrupt und schluckte. Während er Buffy näher in Augenschein nahm, fiel seine Kinnlade herab, und er ließ die Hände sinken.

«Buffy.» Höflich neigte er den Kopf. «Marquise von Buffheit. Herzogin von Buffonien. Ich verneige mich in Ehrfurcht. Hiermit entsage ich dem Stretch.»

«Vielen Dank, werter Herr.» Buffy machte einen Knicks. «Aber warten Sie, bis Sie erst einmal …»

«Hi», rief Willow von der Treppe aus.

Erwartungsvoll drehten die beiden sich um.

Dort stand Willow, von Kopf bis Fuß in das Geisterlaken gehüllt.

«… Caspar sehen», beendete Buffy ihre Ankündigung.

Xander starrte Willows Kostüm an, während er fieberhaft nach einem Kompliment suchte. «Hey, Will», meinte er heiter, «das ist … das ist aber ein nettes ‹Buh›, das du da hast.»

Willow ließ den Kopf hängen. Sie konnte Buffys Enttäuschung förmlich spüren, als sie aus dem Haus gingen.

Sieben

Vor der Sunnydale High wurden dutzendweise kleine Kinder abgesetzt, die schreiend mit ihren Halloween-Tüten wedelten, als sie durch das Haupttor ins Schulgebäude stürmten. Drinnen auf den Fluren wimmelte es von gefährlichen kleinen Dämonen und Teufeln, während sich die größeren Schüler tapfer ins Getümmel warfen und versuchten, die Kleinen in überschaubare Gruppen einzuteilen.

«Wo ist denn deine Leibwache, Harris? Noch am Haareföhnen?»

Xander hörte Larry, noch bevor er ihn sah. Als er sich umdrehte, stolzierte dieser breitbeinig auf ihn zu. Er war als Pirat verkleidet und fuchtelte mit einem Plastikschwert herum. Mit sackartigen Hosen, T-Shirt, falschen Narben und Augenklappe zeugte Larrys Kostüm von noch größerer Einfallslosigkeit, als Xander sie an den Tag gelegt hatte.

Xander funkelte seinen Widersacher wütend an. Larry holte mit dem Schwert aus. Xander wich unwillkürlich zurück. Lachend trottete Larry von dannen.

Xander hob sein Maschinengewehr und zielte exakt auf Larrys Rücken. Sein Finger zuckte am Abzug, aber nach einer Weile ließ er die Waffe wieder sinken. Selbst mit diesem Spielzeug konnte Xander es nicht über sich bringen zu schießen.

Weiter hinten im Korridor führte Rektor Snyder eine Gruppe kleiner Kinder auf Buffy zu. Sie ließ ihren Blick über die eifrigen Gesichter schweifen und bemerkte mit einem Schmunzeln, dass auch ein kleiner Vampir dabei war.

«Hier ist Ihre Gruppe, Summers», sagte Rektor Snyder mit gewohnt verächtlicher Stimme. «Sie brauchen gar nicht mit den Kindern zu sprechen – das Letzte, was ich mir wünsche, ist Ihr schlechter Einfluss auf diese Kleinen. Bringen Sie sie heil zurück, und ich werde von einem Verweis absehen.»

Buffy warf ihm einen angemessenen Blick zurück. Als er sich abwandte und davonging, beugte sie sich lächelnd zu den Kindern herab.

«Hi», begann sie – und verstummte sofort, weil Rektor Snyder in der Nähe stehen geblieben war und sie finster anstarrte.

Hinter der Korridorbiegung kniete Oz auf dem Boden vor seinem Spind und inspizierte seine Gitarre. Als er aufblickte, sah er Cordelia, die auf ihn zusteuerte. Sie trug ein hautenges Leopardenkostüm, Katzenohren, Handschuhe und angemalte Schnurrhaare.

«Oz! He, Oz!»

Oz blieb seelenruhig sitzen und betrachtete sie von der Seite. «Cordelia», meinte er schließlich. «Du bist ja 'ne richtige Wildkatze.»

«Das ist doch mein Kostüm!», entgegnete Cordelia gereizt. «Spielt ihr heute?»

«Ja, im Shelter Club.»

Hochmütig reckte Cordelia ihr Kinn in die Höhe. «Ist euer Leadsänger, der sich so toll findet, dass er keine Zeit hat, zu einem Date zu erscheinen oder wenigstens mal anzurufen, auch dabei?»

«Ja», sagte Oz mit unbeweglicher Miene und stand auf. «Weißt du, er heißt eigentlich ganz einfach Devon.»

Cordelia fand das überhaupt nicht lustig. «Also, du kannst ihm ausrichten, dass es mir völlig egal ist und dass ich's nicht mal erwähnt habe und dass ich nicht mal mit dir gesprochen hab – das ist dann in Ordnung!»

Oz nickte kurz. «Also, *was* soll ich ihm jetzt sagen?»

«Gar nichts!», fauchte Cordelia. «Verdammt, du hast genau kapiert, was ich meine!»

Wütend stolzierte sie davon, während Oz unbeeindruckt zurückblieb. «Warum kann ich nicht mal so eine tolle Tussi kennen lernen?», murmelte er vor sich hin.

Im Aufstehen drehte er sich um und stieß geradewegs mit Willow zusammen. Dabei verhedderte er sich in ihrem Geisterlaken.

«Sorry», sagte Oz und versuchte, sich zu befreien.

«Sorry», sagte auch Willow und versuchte, ihm dabei behilflich zu sein.

«Sorry.»

«*Mir* tut es Leid.»

Verstört lief Willow weiter. Oz sah ihr einen Augenblick lang nach, dann trabte er in die entgegengesetzte Richtung.

Am Ende des Korridors bereitete Xander unterdessen seine Gruppe auf das bevorstehende Ereignis vor.

«Okay», begann er mit wichtiger Miene. «Wie man besonders viele Bonbons schnorrt. Der Trick heißt: Heulen. Tränen werden euch die Tüten doppelt füllen. Ihr könnt es auch mit der uralten ‹Sie haben mich vergessen›-Masche versuchen, aber das läuft nicht immer. Haltet euch immer schön an die Schokolade.» Er hielt inne und sah seine Schützlinge fragend an. «Verstanden?»

Die Kleinen nickten eifrig.

«Gut.» Xander richtete sich auf. «Bereit zum Ausschwärmen, Leute?»

Innerhalb weniger Minuten hatte sich Xanders Gruppe zu den Übrigen auf der Straße gesellt. Während die freiwilligen Helfer sich bemühten, Schritt zu halten, rasten die verkleideten Kinder selig von Haus zu Haus. Ihre Freudenjauchzer und das Buhgeschrei hallten zwischen den Häusern wider. Alle hatten so viel Spaß, dass die Zeit förmlich dahinflog, und ehe man sich's versah, war es dunkel geworden, und unheimliche dunkle Schatten lagen auf den Straßen.

Als Buffys inzwischen erschöpfte Gruppe von einem Haus zurück zur Straße kam, sah sie nur enttäuschte Gesichter.

«Was hat Mrs. Davis euch denn gegeben?», fragte sie mitfühlend.

Die Kinder öffneten ihre Hände. Es waren brandneue Zahnbürsten.

«Der sollte man mal die Meinung sagen», rief Buffy ärgerlich. Sie führte ihre Gruppe weiter die Straße entlang. «Noch ein Haus. Wir haben noch wenige Minuten Zeit, dann müssen wir zurück.»

Die Mienen der Kleinen hellten sich auf. Froh sprangen sie durch den Vorgarten. Buffy lächelte über ihre Begeisterung. Nun war sie doch froh, zu diesem Dienst verpflichtet worden zu sein: Der Abend war dadurch viel lustiger geworden, als sie ursprünglich geglaubt hatte.

Sie konnte ja nicht ahnen, dass der Spaß schon bald ein Ende haben würde …

… und dass gerade in diesem Moment eine Gestalt mit schwarzer Kapuze im Hinterzimmer von *Ethan's Costume Shop* vor einer Reihe schwarzer Kerzen kniete und eine Beschwörung sang.

«Janus, höre meine Gebete.» Es war Ethan Rayne, der nun Latein sprach. «Mach dir diese Nacht zu Eigen. Komme zu uns nieder und zeige uns deine Wahrheit.»

Buffy spürte einen unerklärlichen Schauder.

Im Eckhaus kam die freundliche Mrs. Parker an die Tür. Sie lächelte und verteilte Bonbons an eine Gruppe kichernder Ungeheuer. Willow wartete geduldig auf der Vorderveranda. Der Wind nahm an Stärke zu, und es wurde merklich kälter. Willow wickelte sich fester in ihr Laken und wünschte, sie hätte sich darunter etwas Wärmeres angezogen.

«Schaden oder Spott! Süßes oder Saures!», riefen die Kinder.

«Ach, du meine Güte!», strahlte Mrs. Parker die kleinen Racker an. «Seid ihr niedlich!»

Im *Costume Shop* nahm Ethan die Büste in die Hand. Seine Finger hinterließen blutige Abdrücke auf dem kalten Stein. Der Schweiß stand ihm auf der Stirn, und Fieberschauer schüttelten seinen Körper. Und dann sang er wieder auf Latein: «Die Maske werde Fleisch. Deine heilige Gegenwart lasse das Blut in den Adern gerinnen. Janus, diese Nacht ist dein!»

Ein plötzlicher Windstoß ließ Buffy frösteln. Mit gerunzelten Brauen blieb sie stehen.

Hier stimmte etwas nicht.

Im Eckhaus blickte Mrs. Parker ungläubig auf den Plastikkürbis, den sie in den Händen hielt. Bestürzt schüttelte sie den Kopf. «Ach, du je. Waren die denn schon alle? Ich hätte schwören können, dass ich noch ein paar Bonbons hatte.»

In *Ethan's Costume Shop* erloschen die Kerzen. Das einzige Licht ging nun von der grässlichen Büste aus. Es war ein grünliches Glühen, das die Dunkelheit kaum zu durchdringen vermochte.

Ethan Rayne nahm die Kapuze ab. Auf seinem Gesicht breitete sich ein zufriedenes Grinsen aus.

«*It's Showtime*», flüsterte er.

Acht

Mrs. Parker blickte auf die kleinen Gestalten, die rings um sie versammelt standen: kleine Dämonen, Vampire, Gargoyles und Hexen. Alle starrten sie und den leeren Bonbonbehälter an.

«Es tut mir Leid, Mr. Monster», seufzte Mrs. Parker. «Vielleicht sollte ich ...»

Doch ehe sie ihren Satz beenden konnte, schoss eine schleimige grüne Hand hervor, packte sie an der Kehle und riss sie nach vorn. Ein erstickter Schrei drang aus ihrer Kehle, als sie erkannte, dass die Hand dem als Gargoyle verkleideten Kind gehörte.

Nur, dass es jetzt kein verkleidetes Kind mehr war.

Es war ein echter, grauenhaft aussehender Gargoyle. So scheußlich wie der Rest der Kreaturen, die auf ihrer friedlichen Veranda herumliefen.

Willow wollte ihren Augen nicht trauen. «Lasst sie los!», schrie sie und versuchte, zu Mrs. Parker vorzudringen.

Ein gehörnter Dämon verstellte ihr den Weg. Aber Mrs. Parker hatte sich mittlerweile selbst befreit und war ins Haus geflüchtet. In panischer Eile verschloss sie die Tür.

«Was ...», murmelte Willow, «was ist ...»

Langsam wich sie von der Veranda zurück. Ihr war seltsam zumute. Sie stolperte und schnappte nach Luft. Im nächsten Augenblick kippte sie um, ein schlaffer, lebloser Körper in einem weißen Laken.

Die ganze Gegend war in Aufruhr.

Aus jeder Straße, von jeder Ecke ertönten Schreckensschreie, Hupen, Hilferufe, schnelle Schritte, Geheul und das Splittern berstender Scheiben. Die Luft war förmlich aufgeladen mit Panik und dem Geruch von Angst.

Als hysterisch gewordene Kinder auf der Suche nach einem Unterschlupf an ihm vorbeirasten, wirbelte Xander verwirrt um die eigene Achse und nahm sein Spielzeuggewehr von der Schulter. Für den Bruchteil einer Sekunde spürte er eine seltsame Benommenheit im ganzen Körper. Er schwankte ein wenig und versuchte das Gleichgewicht zu halten. Als die Benommenheit nachließ, war er sofort wieder klar im Kopf.

Er richtete sich kerzengerade auf. Er hob das Gewehr. Es war nicht mehr das Plastikspielzeug, das er gerade noch in den Händen gehalten hatte, sondern ein voll funktionstüchtiges M-16-Maschinengewehr.

Xander sah nicht einmal überrascht aus. Seine Haltung war nun die eines Soldaten: Er biss die Zähne zusammen, und seine Augen glitzerten kalt wie Stahl.

Vor Mrs. Parkers Haus setzte sich Willow langsam auf. Ihr war immer noch seltsam zumute, aber wenigstens war diese scheußliche Benommenheit verschwunden. Langsam kam sie auf die Beine und versuchte sich zu erinnern, was passiert war. Und dann blickte sie auf ihre Füße.

«Oh. O mein Gott ...»

Sie lag immer noch auf der Veranda. Oder zumindest ihr *Geist*. Willow starrte auf die leblose Gestalt im Geisterlaken. Und dann blickte sie an ihrer eigenen Kleidung herab.

Die Willow, die hier stand, trug einen Minirock und ein Wickeltop – das Rockerbrautkostüm, das Buffy für sie ausgewählt hatte. Aber die Willow, die dort lag, regte sich nicht – und die stehende Willow sah, dass ihre Stiefel in der liegenden Willow verschwanden, als seien beide auf rätselhafte Weise immer noch miteinander verbunden.

Willows Stimme war kaum noch ein Flüstern. «Ich bin ein ... ich bin ein echter Geist.»

Hinter ihr ratterte ein Maschinengewehr. Willow drehte sich um und sah Xander, der in Panik die Straße entlanglief.

«Xander!»

Voller Freude und Erleichterung rannte Willow auf ihren alten Freund zu. Aber zu ihrem Entsetzen fuhr Xander herum und richtete das Gewehr auf sie.

«Xander, ich bin's doch! Willow!»

Xander blickte sie argwöhnisch an. Vorsichtig senkte er die Waffe. «Ich kenne keine Willow», erklärte er.

«Jetzt hör auf mit den Witzen, Xander», bat Willow. «Dafür haben wir jetzt keine Zeit.»

Xander maß sie mit kaltem Blick. «Was zum Teufel geht hier vor?»

«Kennst du mich denn nicht?» Willow suchte nach einem Zeichen des Wiedererkennens in seiner Miene, aber vergeblich.

«Lady, ich schlage vor, dass Sie sich einen Unterschlupf suchen.»

«Nein, warte!» Bevor sich Xander davonmachen konnte, trat ihm Willow in den Weg. Aber statt ihn aufzuhalten, geschah etwas Unglaubliches.

Sie spürte, wie Xander durch sie hindurch ging.

Hinein – und auf der anderen Seite wieder hinaus.

Ungläubig blickte Willow an sich hinab. Die Berührung hatte sie erzittern lassen: Es war eine körperliche Lust, die sie von Kopf bis Fuß erfüllte.

«Ohhhh», keuchte sie.

Xander hingegen geriet in Panik. Er wirbelte herum und richtete von neuem die Waffe auf Willow.

«Was bist du?», wollte er wissen.

«Xander.» Willow hob beide Hände hoch, damit er sie sehen konnte. «Hör mir zu. Ich bin auf deiner Seite, das schwöre ich. Irgendwas Verrücktes geht hier vor. Ich war als Geist verkleidet, und jetzt *bin* ich ein Geist. Du wolltest einen Soldaten darstellen, und jetzt *bist* du ein echter Soldat …»

«Und du glaubst, dass ich dir das abnehme?», fauchte Xander.

Bevor Willow etwas entgegnen konnte, sprang ein kleiner Vampir aus dem Gebüsch und knurrte sie an. Sofort legte Xander auf ihn an.

«Nein!», schrie Willow gellend. «Nicht schießen! Darunter steckt ein kleines Kind.»

«Aber …»

«Nicht schießen! Das ist ein Befehl! Lass uns …» Sie brach ab, weil sie weiter unten auf der Straße etwas erspäht hatte. «Buffy!»

Es war tatsächlich Buffy, die in ihrem langen Kleid ungeschickt daherstolperte. Willow rannte auf sie zu, während Xander widerwillig folgte.

«Buffy, geht's dir gut?»

Doch noch bevor sie Buffy erreichte, hörte Willow wieder ein bedrohliches Knurren aus dem Gebüsch – nur diesmal war es lauter, mehr wie ein Brüllen. Zu dem kleinen Vampir hinter ihnen hatte sich ein sehr großer Dämon gesellt, und beide kamen nun auf sie zu.

Buffy stand nun zwischen Willow und Xander.

Alle drei schauten zu, wie die Ungeheuer näher kamen.

«Das kann ja heiter werden!», grollte Xander.

«Buffy, was sollen wir jetzt bloß tun?», fragte Willow.

Buffy riss die Augen weit auf.

Dann fiel sie in Ohnmacht.

Neun

Ohne einen Laut von sich zu geben, sank Buffy auf den Bürgersteig und lag reglos da.

Willow starrte ungläubig auf sie herab.

Xander hob das MG und feuerte über die Köpfe der Ungeheuer hinweg. Als sie die Flucht ergriffen, wandte er sich wieder Willow zu, die neben Buffy auf dem Boden kniete und versuchte, sie aus der Bewusstlosigkeit zu wecken.

«Buffy! Geht's dir gut?»

«Was?», flüsterte Buffy.

«Sind Sie verletzt?», fragte Xander.

«Buffy, bist du verletzt?», wiederholte Willow.

Buffy blickte die beiden verständnislos an. «Buffy?»

«Das ist nicht Buffy», klärte Willow Xander auf.

Der runzelte die Stirn. «Wer ist Buffy?»

«Oh, das kann ja heiter werden», seufzte Willow. Dann fragte sie Buffy: «Welches Jahr haben wir?»

Buffy dachte einen Augenblick nach. «Siebzehnhundert – fünf und – siebzig, glaube ich. Wer seid ihr?»

Xander half ihr auf die Beine. Willow lächelte ihr beruhigend zu. «Wir sind Freunde», sagte sie.

«Wessen Freunde?» Buffy war offenbar völlig verzweifelt. «Dein Kleid ist … alles ist so seltsam hier.» In steigender Panik rief sie aus: «Wie bin ich bloß hierher gekommen?»

Willow versuchte sie zu beruhigen. «Okay, atme ganz tief und ruhig, ja? Sonst wirst du wieder ohnmächtig.» Sie warf Xander einen Blick zu. «Wie sollen wir das bloß ohne die Jägerin durchstehen?»

Xander starrte sie fragend an. «Was ist denn eine Jägerin?»

In diesem Moment sprang ein Dämon Buffy von hinten an. Die alte Buffy hätte ihn mit einem Schlag erledigt, aber diese neue Buffy kreischte bloß hysterisch und trommelte hilflos mit kraftlosen Fäustchen auf ihn ein. Statt ihr zu Hilfe zu eilen, blieb Willow vor Erstaunen wie angewurzelt stehen. Der Dämon zerrte an Buffys Perücke, die aber zu ihrem eigenen Haar geworden war. Im Eifer des Gefechts löste sich der Knoten, und das Haar fiel in Kaskaden über die nackten Schultern. Schließlich kam Xander Buffy zu Hilfe und schlug so lange mit dem Gewehrkolben auf den Dämonen ein, bis dieser aufgab und das Weite suchte.

Daraufhin wandte sich Xander mit ernster Miene an Willow. «Ich schlage vor, wir gehen in ein Haus, bevor wir noch einem anderen …»

«Dämon!», kreischte Buffy. «Ein Dämon!»

Kampfbereit fuhren Willow und Xander herum. Aber sie sahen lediglich ein Auto die Straße entlangfahren. Buffy aber sprang förmlich in Xanders Arme und drückte sich an ihn.

«Das ist kein Dämon», versuchte Willow ihr zu erklären. «Das ist ein Auto.»

«Was will es denn von uns?», winselte Buffy.

Xander blickte Willow fest in die Augen. «Ist diese Frau verrückt?»

«Sie hat noch nie ein Auto gesehen», erwiderte Willow. «Sie kommt aus der Vergangenheit.»

«Und du bist ein Geist.»

«Genau. Jetzt lasst uns irgendwo reingehen.»

Xander blieb einen Moment nachdenklich stehen. Dann sah er wieder Willow an. «Ich möchte nur, dass du weißt, dass ich das hier nur mache, weil ich dir vertraue», sagte er. «Wohin gehen wir jetzt?»

«Wo ist denn die nächste ...» Willow schüttelte den Kopf, während sie scharf überlegte. «Äh, wir könnten ins Haus einer Freundin gehen.»

Kurze Zeit später schoben sie sich durch die Hintertür in Buffys Küche. Xander verriegelte das ganze Haus, dann stellte er sich ans Fenster und hielt Wache. Buffys Blick glitt über Arbeitsflächen und Elektrogeräte. Sie war völlig überwältigt von den geheimnisvollen Dingen, die sich in dieser Behausung befanden.

«Ich glaube, hier sind wir sicher!», verkündete Xander.

«Hallo?», rief Willow laut. «Mrs. Summers?» Und als keiner antwortete: «Gut. Sie ist nicht da.»

«Wo sind wir?», fragte Buffy.

«Bei dir», sagte Willow knapp. «Jetzt müssen wir nur noch ...»

Mit einem Male wurde heftig an die Haustür geklopft. Erschrocken blieben sie einen Moment reglos stehen, dann schlichen sie langsam weiter, zuerst Xander, dann Willow, und Buffy trödelte hinterher. Im Esszimmer blieb sie ganz zurück, während Xander und Willow tapfer weitergingen.

«Mach bloß nicht auf!», mahnte Willow.

Xander zögerte. «Es könnte doch ein Zivilist sein.»

«Oder ein Minidämon.»

Das Klopfen hörte auf.

Sie warteten und lauschten.

Schließlich ging Xander zum Fenster und spähte hinaus. Im Esszimmer erregte etwas auf dem Kaminsims Buffys Aufmerksamkeit. Sie ging näher, um es anzusehen.

Es war ein Foto. Das Foto einer jungen Frau, die ihr verblüffend ähnlich sah. Buffy nahm es verwirrt vom Kaminsims herunter. Willow trat auf sie zu.

«Das ...», flüsterte Buffy, «das könnte ja ich sein.»

«Das bist du», betonte Willow. «Buffy, kannst du dich denn an gar nichts mehr erinnern?»

«Nein, ich … ich verstehe das alles nicht, und ich …»

Buffy zögerte und sah sich das Foto noch einmal genauer an. «Das muss ein anderes Mädchen sein, ich würde niemals so etwas tragen …»

Sie begann zu wimmern und murmelte unzusammenhängendes Zeug. Sie war kurz davor, in Tränen ausbrechen. Willow starrte sie ungläubig an.

«Dieses armselige Gewand!», schmollte Buffy. «Und ich mag dieses Haus nicht, und ich mag dich nicht, und ich will jetzt *heim*!»

«Du *bist* hier daheim!», wiederholte Willow.

Jetzt brach Buffy endgültig in Tränen aus. Da setzte plötzlich das Klopfen wieder ein. Buffy kreischte auf.

Ihre Hilflosigkeit steckte auch Willow an. «Hättest du dich nicht als Xena verkleiden können?», murmelte sie und eilte zurück zu Xander.

Sie kam gerade rechtzeitig, um zu sehen, wie die Hand eines Dämons krachend durch das Fenster fuhr, direkt neben Xanders Kopf. Die Hand griff nach ihm, aber Xander schaffte es gerade noch zurückzuspringen.

«Das war kein Zivilist», bemerkte Willow.

Xander nickte kurz. «Richtig.»

Er hielt den Lauf des MG durch das zerbrochene Fenster nach draußen.

«Hey!», fuhr ihn Willow an. «Was hatten wir beschlossen?»

Xander ignorierte sie. Willow hörte eine laute Maschinengewehrsalve und dann den Dämon davontrampeln.

Xander sah äußerst zufrieden aus. «Großer Lärm verscheucht Monster. Erinnerst du dich?»

«Hab's kapiert.»

Plötzlich hörten sie draußen Schreckensschreie. Xander spähte vorsichtig hinaus und spannte alle Muskeln an. Bevor Willow ihn aufhalten konnte, war er aus dem Fenster gesprungen.

«Er wird uns doch nicht im Stich lassen?», rief Buffy völlig aufgelöst.

Willow reichte es jetzt. Sie warf Buffy einen verächtlichen Blick zu, zuckte mit den Achseln und ließ sie stehen.

Draußen in der Dunkelheit hatte Xander die Quelle der schrecklichen Schreie ausgemacht: Es war Cordelia, die auf der Flucht war. Ihre Haare waren aufgelöst, ihr Kostüm zerrissen, und im Gesicht hatte sie Kratzspuren. Einige Meter hinter ihr holte eine riesige haarige Gestalt allmählich auf.

Xander rannte auf die beiden zu. Mitten auf der Straße standen verlassene Autos, und in der Ferne sah man verschwommene Gestalten – die einen jagten, die anderen rannten um ihr Leben. Als Xander Cordelia erreichte, schrie sie auf und versuchte ihn abzuwehren – bis sie erkannte, wer er war.

«Xander?»

«Komm rein!», befahl Xander. Er hatte nicht den leisesten Schimmer, wer dieses Mädchen war.

Er schleppte sie zum Haus, schubste sie hinein und schlug krachend die Tür hinter sich zu.

«Cordelia!», rief Willow aus.

Cordelia blickte sie völlig irritiert an. «Was ist denn hier los?»

«Okay», beeilte sich Willow zu erklären, «du heißt Cordelia, du bist keine Katze, du gehst auf die High School, und wir sind deine Freunde – na ja, jedenfalls so halb.»

«Das ist ja nett von dir, Willow», schnitt Cordelia ihr das Wort ab. «Und *wann* genau bist du durchgedreht?»

Willows Miene hellte sich auf. «Dann kennst du uns also?»

«Blöde Frage. Aber was geht hier eigentlich vor?»

«Hier ist 'ne Menge passiert», erklärte Willow.

«Übertreib bloß nicht! Ich wurde gerade von Jojo mit dem Hundegesicht angegriffen. Guck dir bloß mein Kostüm an! Glaubst du, Party-Town wird mir mein Pfandgeld zurückgeben? Kann ich mir kaum vorstellen!»

Während sie sich ereiferte, entdeckte sie auf einmal einen Riss an der Seite ihres Raubtiertrikots. Xander hatte ihn offensichtlich auch schon gesehen, denn er zog sofort seine Jacke aus und hüllte sie darin ein.

«Bitte», sagte er.

Verblüfft starrte Cordelia auf seinen kräftigen Bizeps und auf das Tattoo, das ihr noch nie aufgefallen war. Dann sah sie über den Arm hinweg und merkte, dass Willow auf dieselbe Stelle starrte.

«Danke», murmelte Cordelia.

Willow versuchte sich wieder auf die drängenden Probleme zu konzentrieren. «Okay. Ihr drei bleibt hier, während ich Hilfe hole. Wenn irgend so ein Viech versucht, hier reinzukommen, müsst ihr einfach kämpfen.»

«Aber es ist doch nicht unsere Sache zu kämpfen», widersprach Buffy ängstlich. «Sicher werden ein paar Männer kommen und uns beschützen?»

Cordelia sah sie voller Verachtung an. «Was ist denn das für 'ne neue Masche?»

«Ist so was wie Gedächtnisverlust, klar?» seufzte Willow. «Sie wissen nicht mehr, wer sie sind. Bleib einfach hier und rühr dich nicht vom Fleck.»

Sie hatte keine Zeit für lange Erklärungen. Als sie an Cordelia vorbeiflitzte, hörte sie noch ein leises «Wer ist denn bloß gestorben, dass die hier befehlen kann?», dann huschte sie geradewegs durch die Wand.

Sie rannte auf die Straße.

Spike sah sie nicht.

Er stand inmitten des Durcheinanders und hatte seinen langen schwarzen Umhang um sich geschlungen. Sein Gesicht war eine abscheuliche Vampirfratze, doch seine Augen leuchteten hell wie die eines Kindes am Weihnachtsmorgen.

Er grinste und beobachtete alles um sich herum. «Das ist ja richtig ... *nett.*»

Zehn

Die Stunden krochen dahin. Willow war noch nicht wiedergekommen, und Xander wurde langsam nervös.

Er schob einen Tisch gegen das Fenster und machte sich daran, alle kleineren Fenster zu inspizieren, um sicherzugehen, dass sie auch verschlossen waren. Buffy, die nicht allein bleiben wollte, folgte ihm wie ein Hündchen überallhin.

«Es gibt doch sicher einen Ort, wohin wir gehen können?», flehte sie ihn an. «Eine sichere Zuflucht?»

Doch Xander blieb hart. «Die Lady sagte, bleibt, wo ihr seid.» Dann wandte er sich an Cordelia. «Schau oben nach. Vergewissere dich, dass auch dort alles verriegelt ist.»

Buffy war durch seine Antwort so verblüfft, dass sie von neuem anfing: «Du nimmst also Befehle von einer Frau entgegen? Bist du denn ein Schwächling?»

«Ma'am», seufzte Xander. «In der Armee haben wir einen Spruch dafür: Setz dich und halt's – oha!»

Er verstummte und starrte auf den Boden, wo eine Fotografie lag: Auf ihr waren deutlich alle drei – er, Buffy und Willow – zu sehen. Er betrachtete lange Zeit das Foto, dann blickte er zu Buffy auf.

«Sie muss wohl Recht haben», erklärte er. «Wir haben so eine Art Amnesie.»

Buffy richtete sich empört auf. «Ich weiß zwar nicht, was das ist, aber ich habe es ganz sicher nicht. Ich bade sehr oft.»

«Wie erklärst du dir dann das hier?», fragte er und wies auf das Foto.

Buffy reckte ihre Nase hoch. «Ich erkläre es nicht! Ich wurde als Dame erzogen. Ich muss nichts verstehen. Ich muss nur schön sein und eine gute Partie machen. Möglichst einen Baron.»

«Wir sind hier nicht auf einer Teeparty, Prinzessin», gab Xander zurück. «Früher oder später wirst du kämpfen müssen.»

«Kämpfen?» Buffy sah ihn erschrocken an. «Gegen diese niederen Kreaturen? Da würde ich lieber sterben!»

«Dann wirst du sterben.»

«Oh, Klasse», sagte eine Stimme hinter ihnen. «Ihr seid ja richtig gut drauf.»

Sie drehten sich um und sahen Angel aus der Küche treten.

Er schüttelte nur ungläubig den Kopf, als er die beiden sah.

«Draußen herrscht das totale Chaos», meinte er.

Buffy und Xander sahen ihn verwundert an.

«Wer bist du?», fragten sie im Chor.

Giles saß allein in der Bibliothek und war in einen Bücherkatalog vertieft. Er war an die Stille nach Schulschluss gewöhnt. Als er in der Ferne Schreie und Pfiffe vernahm, hob er den Kopf und legte unwillig die Stirn in Falten.

Dann fiel es ihm wieder ein. Heute war ja Halloween. Heute Nacht würde er noch viele Schreie und Trillerpfeifen zu hören bekommen.

Aber war da nicht gerade noch ein anderes Geräusch gewesen? Ein seltsames, leises Geräusch – und ganz nah?

Wieder blickte Giles auf, horchte und dachte schließlich, er habe es sich vielleicht nur eingebildet.

War es ein – *Knurren*?

Langsam stand er auf. Jetzt vernahm er überhaupt nichts mehr. Dennoch schien es ihm besser, einmal nachzusehen.

Er wandte sich in dem Moment um, als Willow geradewegs durch die Wand der Bibliothek auf ihn zugeschossen kam.

Giles schrie auf. Er sprang zurück und fiel ins nächste Regal. Bücher flogen in alle Richtungen.

Willow stand verlegen vor ihm. Sie hielt eine Hand hoch.

«Hi.»

«Okay», meinte Angel, «hat vielleicht jemand Lust, mich aufzuklären?»

Er betrachtete Buffys altmodisches Kleid, den tiefen Ausschnitt, die zarte Spitze. Es versetzte ihm einen Stich, und einen Augenblick lang hatte er das Gefühl, er sei in die Vergangenheit zurückversetzt …

Doch Xanders Stimme brachte ihn jäh in die Gegenwart zurück. «Wohnst du hier?»

«Nein! Das weißt du doch. Buffy …» Verstört machte er einen Schritt auf sie zu. Es *war* Buffy, da war er sich absolut sicher, und doch – war sie es nicht. *Jemand, den ich kannte, jemand, den ich vor langer Zeit vergaß …* «Ich bin hier verloren», murmelte er. «Du …»

Ängstlich wich Buffy vor ihm zurück. Angel betrachtete ihre dunkle Perücke.

«Was hast du mit deinem Haar gemacht?»

«Sie wissen nicht mehr, wer sie sind», sagte Cordelia ungeduldig, als sie die Treppe herunterkam. «Alle sind zu Monstern geworden. Das ist echt 'ne Riesensache.» Sie lächelte Angel an. «Wie geht's dir?»

Plötzlich begann es an allen Seiten gleichzeitig zu hämmern. Das Licht ging aus. Der Raum war in Dunkelheit getaucht. Buffy kreischte und hielt sich an Cordelia fest.

«Würdest du das bitte lassen!», fauchte Cordelia und schob sie weg.

Xander wandte sich an Angel. «Nimm die Prinzessin hier mit und sichere die Küche. Catwoman, du kommst mit mir.»

Dankbar reichte Cordelia Buffy an Angel weiter und folgte Xander ins Wohnzimmer.

«Aber ich will nicht mit dir gehen!», protestierte Buffy und versuchte, sich aus Angels Griff zu befreien. «Ich möchte zu dem Mann mit der Muskete.»

«Komm jetzt mit!», befahl Angel.

«Hast du eine Muskete?», erkundigte sich Buffy mit hoffnungsvoller Stimme.

Sie klammerte sich an ihn, als sie die Küche betraten. Die Hintertür stand weit offen. Angel schüttelte besorgt den Kopf.

«Die habe ich nicht offen gelassen.»

Vorsichtig und leise schlich er zur Tür. Buffy hörte nicht, dass rechts neben ihr die Kellertür aufging. Sie sah nicht den Vampir, der aus der Dunkelheit auftauchte …

Angel schloss die Hintertür und drehte sich um.

«Pass auf!», brüllte er.

Als Buffy herumwirbelte, griff der Vampir schon nach ihr. Verblüfft sah Angel, dass sie die Türkante packte und kräftig gegen den Arm der Kreatur schlug. Aber der Vampir war viel stärker als sie; fast im gleichen Augenblick stieß er die Tür wieder weit auf und schleuderte Buffy zu Boden. Angel rannte geduckt auf den Angreifer los und stieß ihn ins Esszimmer. Buffy, die zitternd wieder auf die Beine kam, sah sich nach einer Waffe um. Sie nahm ein großes Messer von der Arbeitsplatte und schaute vorsichtig ins andere Zimmer. Dort saß Angel mit dem Rücken zu ihr auf dem Vampir und drückte ihn mit ganzer Kraft nieder.

«Einen Pflock!», schrie er gellend.

«Was?»

«Hol mir einen Pflock!»

Dann drehte er sich zu ihr um. Buffy kreischte auf.

Angels Gesicht war zu einer grässlichen Vampirfratze verzerrt. Buffy kreischte noch einmal und rannte zur Hintertür hinaus.

«Buffy, nein!», schrie Angel ihr nach.

Auf diese Gelegenheit hatte sein Gegner nur gewartet. Er warf Angel ab, bekam die Hände frei und zwang nun ihn zu Boden.

Giles hatte sich von dem Schock noch nicht ganz erholt. Aber wie Willow ihm deutlich gemacht hatte, mussten sie sich beeilen, wenn sie Sunnydale retten wollten.

Um sich herum hatten sie nun unzählige Bücher gestapelt. Fieberhaft suchten sie nach etwas, das ihnen den Schlüssel dazu liefern konnte, was an diesem Halloween draußen auf den Straßen geschah.

Willow sah verdrossen auf. «Ich weiß nicht einmal, wonach ich suchen soll. Und außerdem» – ärgerlich musterte sie ihren Geisterarm – «kann ich keine einzige Seite umblättern.»

«Stimmt.» Giles nickte verständnisvoll. «Dann lass uns mal zusammenfassen. Um die Zeit des Sonnenuntergangs wurde jeder zu dem, was sein Kostüm darstellte.»

«Genau. Xander war als Soldat verkleidet und Buffy als Mädchen aus dem 18. Jahrhundert.»

Giles nahm seine Brille ab. Höflich betrachtete er Willows Outfit und zog die Brauen hoch. «Und dein Kostüm?»

«Ich bin ein Geist», erklärte Willow.

Ein schwaches Lächeln spielte um Giles' Mund, als er ihre wenig geisterhafte Erscheinung musterte. «Ja, aber ein Geist wovon, bitte?»

Verlegen wurde Willow sich wieder ihres bauchfreien Tops und des Minirocks bewusst. «Das ist noch gar nichts», verteidigte sie sich. «Sie sollten erst mal Cordelias Kostüm sehen. So ein Katzentrikot. Und diese Raubtieraccessoires: Ohren und so 'n Zeugs.»

«Ach, du liebe Zeit! Cordelia ist eine echte Raubkatze geworden?»

Erschrocken starrte Willow Giles an. Irgendwo, aus den Tiefen des Gehirns, kam ihr eine Erkenntnis.

«Nein», sagte sie zerstreut. «Sie ist immer noch die gute alte Cordelia, bloß in einem Katzenkostüm.»

«Sie ist nicht ihr Kostüm geworden», wiederholte er.

«Nein.» Und nun allmählich dämmerte es Willow. «Moment noch», sagte sie aufgeregt. «Party-Town. Sie hat uns erzählt, dass ihr Kostüm von Party-Town stammt ...»

«Und alle, die sich so verwandelt haben, wo haben die ihre Kostüme erworben?»

«Wir waren alle in diesem neuen Geschäft», erklärte Willow. «*Ethan's*.»

Sie hatten keine Zeit mehr zu verlieren.

ELF

«Hallo?», rief Giles gedämpft. «Ist jemand hier?»

Sie erwarteten natürlich nicht, zu dieser späten Stunde noch eine Seele in *Ethan's Costume Shop* anzutreffen. Der Laden war dunkel, und es war niemand da – Giles und Willow konnten einfach durch den vorderen Eingang herein.

Ja, dachte Giles, *es ist fast zu einfach.*

Langsam gingen sie durch den Verkaufsraum. Überall lagen Kostüme herum. Masken waren wie abgeschlagene Köpfe auf dem Boden und der Ladentheke verstreut. An den Wänden standen Schaufensterpuppen, und Willow hatte das ungute Gefühl, dass sie ihr aus den aufgemalten Augen nachblickten. Sie bemühte sich, ihre Phantasie zu bändigen, als sie den Korridor entdeckte, der ins Hinterzimmer führte.

Sofort erblickte sie den Altar und den Kreis der schwarzen Kerzen, die goldene Büste – und das grässliche, grausame Antlitz mit seinen glühenden grünen Augen …

«Giles …», flüsterte sie.

Giles trat hinter sie und blickte ebenfalls in das Hinter-Zimmer.

«Das ist Janus», sagte er. «Ein römischer Gott.»

«Wofür steht er?»

«Zunächst einmal für die Zwiespältigkeit des Selbst.» Argwöhnisch wanderte sein Blick von einer Ecke zur anderen. «Männlich und weiblich. Licht und Dunkelheit …»

«Saftig und cremig», ertönte Ethan Raynes spöttische Stimme. «Ach nee, sorry. Das war ja Erdnussbutter.»

Er kam aus seinem Versteck hervor und grinste Giles an.

Giles starrte ihn fassungslos an.

«Willow», sagte er mit fester Stimme. Ohne den Blick von Ethan zu wenden, stellte er sich vor sie. «Geh sofort raus. Jetzt gleich.»

«Aber ...»

«*Sofort*, Willow.»

Es kam selten vor, dass Giles in diesem Ton sprach. Aber wenn er es tat, war es ihm todernst.

Willow drehte sich um und stürzte aus dem Laden.

Nun standen sich Ethan Rayne und Giles gegenüber.

«Hallo, Ethan.»

«Hallo, *Ripper*.»

Gefährliche Stille breitete sich zwischen ihnen aus.

«Was denn, keine Umarmung?», spöttelte Ethan. «Freust du dich nicht, deinen alten Kumpel wiederzusehen?»

Giles blieb ernst. «Ich bin überrascht, dass ich nicht direkt auf dich gekommen bin – diese Geschichte stinkt ja förmlich nach Ethan Rayne.»

«Tja, das tut sie!», erwiderte Ethan stolz. «Ich will mich ja nicht selbst loben, aber es ist schon genial. Die wahre Verkörperung von ‹Sei vorsichtig, was du dir wünschst›.»

«Es ist einfach nur krank», gab Giles zurück. «Und brutal. Es schadet den Unschuldigen ...»

«Ach, und wir wissen ja, dass *du* der Meister der Unschuld und aller Reinen und Guten bist, Rupert», fuhr Ethan hochmütig fort. Er schwieg einen Augenblick. «Du ziehst hier eine ganz schöne Show ab, alter Freund.»

«Das ist keine Show. Es ist das, was ich bin.»

«Das, was du bist? Der *Wächter*? Der zart besaitete,

tweedgekleidete Wächter der Jägerin und ihrer Anhänger?»

Ethans Lächeln war kalt. «Das glaube ich nicht. *Ich* weiß, wer du bist. Und ich weiß, wozu du fähig bist.» Plötzlich schien ihm eine Erkenntnis zu dämmern. «Aber die anderen wissen's nicht, was? Sie haben keine Ahnung, woher du kommst.»

Giles reagierte so, wie es Ethan erhofft hatte. Es war in seinem Gesicht abzulesen, dass ihm die Wendung, die das Gespräch genommen hatte, gar nicht gefiel. Erst jetzt ließ er die Maske der Harmlosigkeit fallen.

Niemand in Sunnydale kannte diese Seite von ihm. Diese Züge seines Charakters hatte er lange, lange Zeit verborgen.

«Brich den Zauber», verlangte Giles nun, während er langsam auf Ethan zutrat. «Und dann verlass diesen Ort und komm nie mehr zurück.»

«Warum sollte ich?», schleuderte Ethan ihm trotzig entgegen. «Was bekomme ich denn dafür?»

Die Antwort erfolgte mit tödlicher Ruhe. «Dein Leben ...»

«Oha. Du machst mir ja Angst ...»

Die Worte zerplatzten in seinem Mund.

Als Giles ihm einen heftigen Kinnhaken versetzte, flossen seine Worte mit seinem Blut zu Boden.

Zwölf

Xander, Cordelia und Angel marschierten zielbewusst mitten auf der Straße.

«Bist du sicher, dass sie hier langgelaufen ist?», fragte Xander.

Angel schüttelte den Kopf. «Nein.»

Er hatte inzwischen genug Zeit gehabt, um wieder seine menschliche Gestalt anzunehmen, aber das hatte nicht viel genützt. Er wusste, dass Buffy einen viel zu großen Vorsprung hatte. Insgeheim fragte er sich, ob sie Buffy überhaupt noch finden würden, und wenn ja, in welchem Zustand.

Cordelia versuchte ihn aufzumuntern. «Ihr wird schon nichts passieren.»

«*Buffy* würde nichts passieren», mahnte Angel. «Aber wer auch immer sie jetzt ist – sie ist hilflos. Kommt!»

Sie eilten weiter, an Spikes Versteck vorbei. Ein kleiner Teufel und ein kleiner Vampir standen ihm zur Seite.

«Hört ihr das, Freunde?», murmelte Spike glücklich. «Irgendwo in der Nähe ist das zarteste Fleisch, das ihr je gekostet habt. Und alles, was wir dafür tun müssen, ist, sie *zuerst* zu finden.»

Buffy war außer sich vor Angst. Mutterseelenallein wanderte sie durch unbekannte Straßen in einem unbekannten Jahrhundert. Ihr Kleid und ihre Schuhe waren schmutzig und zerrissen. Ohne es zu merken, kam sie nun in das verlassene Gewerbegebiet der Stadt, in dem stillgelegte Fabriken und zugenagelte Lagerschuppen für eine Umgebung sorgten, die nicht einmal Hartgesottene gerne aufsuchten.

Sie stolperte durch eine Gasse, kletterte mühsam über Kisten und Müllhaufen. Angstvoll suchten ihre Augen die Umgebung ab. Über allem lagen unheimliche Schatten, Angst einflößend wie in einem Albtraum. Und als unvermittelt eine Gestalt aus dem Dunkel hervortrat und ihr den Weg versperrte, war Buffy so in Panik, dass sie nicht einmal mehr schreien konnte.

Der Pirat war ein Riese. Er ragte turmhoch vor ihr auf. Sein Grinsen enthüllte einen Mund voller Zahnlücken und Stummelzähne, während er lüstern auf sie herabsah.

«Hübsch … hübsch …», kicherte er kehlig.

Larrys Piratenkostüm hatte zu Beginn des Abends noch lächerlich gewirkt. Nun aber war es Wirklichkeit geworden.

Brutal riss er Buffy in seine Arme und lachte, als sie aufschrie und sich zu befreien suchte. Als es ihr gelang, einen Finger in sein gesundes Auge zu bohren, stieß er ein wütendes Gebrüll aus und schleuderte sie mit aller Kraft zu Boden.

Buffy schlug hart auf und wimmerte vor Schmerz. Sie versuchte davonzukriechen, aber Larry zog sie wieder hoch.

«Nein», flehte Buffy, «bitte … nicht …»

Roh packte er ihr Kinn. Er machte den Mund auf und fuhr genüsslich mit der Zunge an seinen gezackten Zahnstummeln entlang.

Dann wollte er sie küssen.

Mit einem Schrei sprang Xander aus dem Nichts hervor und nahm Larry in die Zange. Während Buffy davonkroch, kämpften die beiden wie zwei Raubtiere.

Buffy rannte direkt auf Cordelia zu.

«Buffy? Bist du okay?»

Heftig zitternd warf sich Buffy in Cordelias Arme. Dieses eine Mal wusste Cordelia wirklich nicht, wie sie die Situation bewältigen sollte. Sie stand wie angewurzelt da, während Buffy sich an sie schmiegte, und sah dem Kampf zu, der dort vor ihrer Nase tobte.

Larry war immer sehr stark gewesen, aber in *dieser* Inkarnation war nun Xander stärker. Als Larry nach seinem Schwert greifen wollte, schlug Xander es einfach beiseite.

Buffy blickte auf. Dort kam Angel! Sie kreischte und drückte sich noch enger an Cordelia.

Die verlor nun doch langsam die Geduld. «Was ist denn los mit dir?»

«Er ist … er ist ein *Vampir*!», schluchzte Buffy.

Angel blieb stehen und schaute die beiden an. Einen flüchtigen Augenblick lang gab seine Miene zu erkennen, wie verletzt er war. Cordelia verdrehte die Augen. Sie sah Angel mitleidig an.

«Sie glaubt irgendwie, dass sie – ach, vergiss es!» Dann sprach sie in schulmeisterlichem Ton zu Buffy: «Ist ja schon gut. Angel ist ein *guter* Vampir. Er würde dir nie was tun.»

«Ehr – ehrlich?», stammelte Buffy.

«Natürlich.» Cordelia hörte sich an, als tröste sie ein kleines Kind. «Angel ist doch unser *Freund*.»

Schüchtern, aber immer noch nicht überzeugt, schaute Buffy Angel an. In der Zwischenzeit hatte Xander seinen Gegner mit einem Kopfstoß und zwei schnellen Kinnhaken besiegt.

Larry lag bewusstlos am Boden.

Eine Minute lang starrte Xander auf ihn herunter. Dann wandte er sich verblüfft an Angel. «Komisch – aber diesen Piraten zu verprügeln hat mir irgendwie das Gefühl gegeben, dass ich etwas zu Ende gebracht habe.»

«Jungs!», rief Willow.

Als sie sich erwartungsvoll umdrehten, sahen sie Willow wie von allen Teufeln gehetzt auf sich zurasen. Angel machte einen Schritt nach vorn – er spürte, dass die Dinge sich zum Schlimmeren gewendet hatten.

«Willow!»

«Ihr geht alle rein!», stieß Willow atemlos hervor.

Sie deutete hinter sich. Eine Gruppe schemenhafter Gestalten kam langsam näher. Angel erkannte Spike sofort. Die anderen waren eine seltsame Mischung der verschiedensten Ungeheuer in Kinder- und Erwachsenengröße.

Xander übernahm das Kommando. «Wir müssen uns nach einem Unterstand umsehen.»

«Da lang!», rief Angel. «Sucht nach einem offenen Lagerhaus.»

Höflich trieb Xander die Frauen zusammen. «Ladys, Abmarsch.»

Jeder marschierte ab – außer Buffy.

In ihrer geschwächten Verfassung konnte sie gerade eben noch stehen. Mit einer geschmeidigen Bewegung nahm Angel sie auf seine Arme. Ihr Körper fühlte sich zart und zerbrechlich an, und er spürte ihre überwältigende Furcht. Diese Seite von Buffy hatte er noch nicht kennen gelernt.

Eine schwache Seite. Eine völlige Hilflosigkeit, die sie höchstwahrscheinlich umbringen würde.

Angel hielt sie fester und trug sie geschwind durch das Gewirr dunkler gefährlicher Straßen.

Dreizehn

Sie mussten sich in Sicherheit bringen.

Als Xander, Cordelia, Angel und Willow in eine Gasse einbogen, wies Angel auf die Hintertür zu einem Lagerhaus, das direkt vor ihnen lag.

«Dahinein!», rief er atemlos.

Mit vereinten Kräften stemmten sie die Tür auf und stürzten hinein. Just in diesem Augenblick erschien Spike mit seinen Getreuen. Im letzten Moment schafften sie es, die Tür wieder zu schließen, dann schauten sie sich gehetzt nach etwas um, womit sie die Tür verbarrikadieren konnten. An einer Wand waren alte Kisten und kaputte Möbel aufgestapelt. Xander ging sofort daran, daraus eine Barrikade zu bauen. Währenddessen rief er Angel zu: «Sieh mal nach, ob es noch andere Eingänge gibt!»

Angel setzte sich in Bewegung. «Ihr bleibt hier!», bestimmte er und übergab Buffy an Cordelia.

Cordelia verdrehte die Augen, als Buffy ihr in die Arme fiel. «Super. Wieder diese Klammeräffchen-Nummer.»

Die Barrikade schien ihre Feinde nicht abhalten zu können. Jemand rüttelte heftig an der Tür. Xander sprang erschrocken zurück. Widerliche Klauen, zu Fäusten geballt, schlugen durch das Holz und rissen es in Stücke.

Und wieder wurde die Tür gerüttelt. Dann glitt sie langsam aus den Angeln.

Die Barrikade flog in alle Richtungen. Xander und Angel brachten sich in Sicherheit und traten mit den anderen den Rückzug an.

Nun betrat Spike den Raum und lächelte seinen Getreuen triumphierend zu.

Auch Ethan Rayne lächelte, obgleich er mit blutüberströmtem Gesicht am Boden lag.

«Und du sagtest, ‹Rupert der Ripper› wäre längst verschwunden?», neckte er Giles.

Giles stand über ihm. Er strahlte eine gefährliche, ja tödliche Ruhe aus.

Betont langsam wischte er seine Finger an einem weißen Taschentuch ab. «Wie kann ich den Zauber brechen?», fragte er wieder.

Ethan begann zu lachen. «Sag schön bitte, bit…», begann er, aber Giles trat ihm in die Seite, sodass er nach Luft schnappen musste. «Janus!», stieß er schließlich atemlos hervor. «Schmeiß die Büste kaputt!»

Sofort ergriff Giles das Bildnis und schleuderte es gegen die Wand, wo es in tausend Stücke zerbrach. Dann wandte er sich wieder Ethan zu.

Lange, lange Zeit blickte Giles auf den Boden.

Er war allein im Raum.

Ethan war verschwunden.

Zur gleichen Zeit, als Giles und Ethan ihr Rendezvous hatten, ergötzte sich Spike an der Hilflosigkeit seiner Opfer.

Angel und Xander wurden von seinen Anhängern festgehalten, und obwohl sie sich wehrten, konnten sie Buffy nicht mehr helfen.

«Schau dich nur an», murmelte Spike zärtlich. Er glitt auf Buffy zu, die entsetzt vor ihm zurückwich. Seine Bewegungen waren langsam und verstohlen, seine Miene von gespielter Freundlichkeit. Er sah, dass sie vor Angst geradezu gelähmt war, er sah die Verzweiflung in ihren Augen, die voller Tränen standen. Das erregte ihn – die Erregung des Jägers, der das Wild erlegt.

«Sie zittert», flüsterte er. «Sie fürchtet sich. Sie ist allein. Armes kleines Lämmchen.»

Spike lächelte. Dann versetzte er ihr einen brutalen Hieb ins Gesicht.

«Ich liebe das», sagte er.

«Buffy!» Angel versuchte seine Bewacher abzuschütteln, aber sie hielten ihn nur noch fester. Hilflos sah er zu, wie Spike Buffys Kopf mit der einen und ihren Arm mit der anderen Hand packte, wie er sie langsam nach hinten bog, wie er sich zu ihrem Hals herabbeugte.

Buffy schluchzte nur noch leise. Spikes Reißzähne blitzten im trüben Licht …

Da riss Xander sich los. Bevor ihn jemand aufhalten konnte, schnappte er sich das Gewehr und sprang auf die Beine. Cordelia und Willow stellten sich hinter ihn.

«Also *den* da», Willow zeigte auf Spike, «den darfst du erschießen!»

Xander hob das Gewehr. Er zielte auf Spike, spannte und betätigte den Abzug.

Nichts geschah.

Xander betrachtete seine Waffe. Sie war nur noch ein Spielzeuggewehr – ein kleines Gewehr aus Plastik.

Sein Mund klappte auf. «Was zum Teufel bedeutet das?»

Im ganzen Raum war eine Veränderung vorgegangen: Spikes Getreue waren nun nicht länger grässliche Dämonen, sondern eine bunte Mischung verängstigter High-School-Schüler und kleinerer Kinder. Spike sah sie verblüfft an, und während ihm langsam eine Erkenntnis dämmerte, blickte er auf seine eigene Hand.

Er hielt immer noch Buffys Perücke fest.

Nur Buffys Kopf war nicht mehr drin.

Er blickte auf. Geradewegs in Buffys lächelndes Gesicht.

«Hi, Honey «, grüßte sie ihn. «Bin wieder zu Hause.»

Spike hatte nicht die geringste Chance. Buffy hatte während der vergangenen Stunden, in denen sie so hilflos gewesen war, eine unglaubliche Wut aufgestaut, die sie nun in einer Reihe besonders gefährlicher Tritte und Hiebe an ihm ausließ.

Spike ging mit ausgestreckten Armen und Beinen zu Boden. Doch Buffy riss ihn wieder hoch.

«Weißt du was?», sagte sie fröhlich. «Ich freue mich, wieder ich selbst zu sein.»

Erneut setzte sie ihm hart zu und schleuderte ihn krachend gegen die Wand. Spike griff nach einer Eisenstange und versuchte, sich damit zur Wehr zu setzen, aber Buffy entwand ihm die Waffe. Nachdem sie ihn noch einmal malträtiert hatte, trat sie einen Schritt zurück und sah ruhig zu, wie er wieder zu Boden ging.

Nach ein paar Sekunden kam er torkelnd auf die Füße und taumelte davon.

Endlich kehrte Ruhe ein, die nur von dem furchtsamen Weinen einiger verängstigter Kinder gestört wurde. Xander, Cordelia und Angel scharten sich um Buffy.

«Hey, Buff», sagte Xander. «Willkommen daheim.»

Buffy grinste ihn an. «Ja. Ebenso.»

«Wisst ihr denn, was passiert ist?» Cordelia starrte sie ungläubig an.

«Es war irgendwie unheimlich.» Xander runzelte die Stirn. «Als ob ich da war, aber irgendwie nicht rauskönnte.»

Cordelia nickte heftig und wandte sich an Angel. «Das Gefühl kenne ich. Dieses Kostüm ist auch so eng.»

Aber sie merkte, dass Angel ihr gar nicht zuhörte. Er war ganz auf Buffy konzentriert.

«Geht's dir gut?», fragte er sie leise.

Buffy blickte ihm tief in die Augen – in diese dunklen Augen, die sie so sehr liebte –, und sie las darin die Sorge, die er um sie gehabt hatte, die Erleichterung und die Anteilnahme.

«Ja», grinste sie.

Er nahm ihren Arm und führte sie nach draußen. Cordelia und Xander sahen ihnen nach.

«Hallo?» Ungläubig sah Cordelia Xander an. «Es hat sich so *angefühlt*, als hätte ich was gesagt. Meine Lippen haben sich *bewegt* ...»

«Gib's auf, Cordy», riet Xander ihr. «Du wirst dich nie zwischen die beiden stellen können. Glaub mir – ich weiß es.»

Cordelia dachte einen Moment nach. Dann wandte sie sich den Kindern zu. «Ich schätze, wir sollten sie nach Hause zu ihren Eltern bringen.»

«Ja. Es sieht so aus, als ob jeder ...», begann Xander, dann brach er ab und ließ seinen Blick suchend durch den Raum schweifen. «Wo ist Willow?»

Plötzlich wurde ihm klar, dass er nicht mitbekommen hatte, wie sie weggegangen war. Dass er sie überhaupt nicht mehr gesehen hatte, seit der Zauber gebrochen war.

Willow wusste auch nicht genau, was passiert war. Eben noch war sie mit den anderen im Lagerhaus gewesen, und nun erwachte sie auf Mrs. Parkers Veranda aus tiefster Bewusstlosigkeit – und zwar unter einem Bettlaken.

Benommen schob sie das Kostüm beiseite. Sie brauchte ein paar Sekunden, um wieder klar zu werden und auf die Beine zu kommen. Immerhin lebte sie und war unversehrt.

Willow blickte das Laken an und machte Anstalten, es über den Kopf zu ziehen. Doch dann schüttelte sie den Kopf. Mit einer Kühnheit, die man noch nie an ihr gesehen hatte, warf sie das Laken ab und spazierte durch den Vorgarten davon.

Als sie die Straße überquerte, hielt an der Kreuzung ein kleiner Lieferwagen. Willow ging hoch erhobenen Hauptes an ihm vorbei. So bemerkte sie nicht, dass Oz hinterm Steuer saß und jede ihrer Bewegungen beobachtete.

Er war völlig hingerissen.

Während er der selbstsicheren Rockerbraut nachsah, die aus dem Lichtkegel der Scheinwerfer verschwand, hellte ein Lächeln sein Gesicht auf.

«Wer ist denn dieses Mädel?», murmelte er.

Epilog

Buffy kam aus dem Bad. In bequemen Jogginghosen und Tank-Top war sie wieder ganz sie selbst. Sie blieb einen Augenblick in der Tür stehen. Das Gesicht hatte sie gründlich gewaschen und das Haar so lange gebürstet, bis es glatt um ihren Kopf fiel.

Im Zimmer war es dunkel. Das einzige Licht strahlte aus dem Bad hinter ihr und beleuchtete schwach die Gestalt auf ihrem Bett. Angel hatte tief in Gedanken versunken dagelegen, blickte nun aber besorgt zu ihr auf.

«Tä-tä.» Buffy salutierte. «Ich bin wieder ich aus dem 20. Jahrhundert.»

Sie ging durchs Zimmer und setzte sich neben ihn.

Forschend blickte Angel in ihr Gesicht. «Bist du sicher, dass es dir gut geht?», erkundigte er sich.

«Ich werd's überleben.»

Er zögerte einen Moment. Fast hätte er sie heute Nacht verloren, und nun kämpfte er gegen den Drang, sie in seine Arme zu ziehen und nie mehr loszulassen.

«Ich verstehe es nicht, Buffy», sagte er schließlich. «Warum hast du geglaubt, du würdest mir in dem Kleid besser gefallen?»

Buffy schlug die Augen nieder. Wie konnte sie ihm jemals erklären, dass es ihr wichtig erschienen war zu erfahren, wie sein Leben damals gewesen war – wie es war, eine ganz normale junge Frau zu sein, eine Frau von der Art, wie Angel sie vielleicht geliebt hatte …

Aber sie ahnte, dass es noch tiefer ging: Sie hatte auch verstehen wollen, wer Angel wirklich war, sie hatte Einsicht gewinnen wollen in den Menschen von einst. Und sie hatte – jetzt, *heute* – nach einem Platz in seinem Herzen gestrebt.

Langsam hob sie die Augen wieder. Er sah sie so intensiv an, dass sie sich in die dunklen Tiefen seines Blicks hineingezogen fühlte.

«Ich – ich wollte doch nur einmal ein richtiges Mädchen sein.» Ihre Stimme war nur noch ein Flüstern. «So ein tolles Mädchen, wie du es mochtest, als du so alt warst wie ich.»

Für mich, dachte Angel, *du hast dich beinahe für mich geopfert.*

Zu Buffys Erstaunen lachte er leise auf und schüttelte den Kopf.

«Was ist?», fragte sie, ein bisschen verärgert über seine Reaktion.

«Ich habe diese Mädchen damals gehasst», gestand er. «Besonders die Adeligen.»

Buffy schaute ihn zweifelnd an. «Ehrlich?»

«Sie waren einfach furchtbar langweilig. Heulsusen, eine wie die andere. Ich hatte mir immer gewünscht, einmal jemand … Aufregenden kennen zu lernen.»

Ein flüchtiges Lächeln stahl sich auf seine Lippen. Er beugte sich zu Buffy vor. «Jemand, der interessant ist», fügte er hinzu.

«Ach, wirklich?» Sie spürte ein warmes Glühen, das sie wie eine Welle durchfuhr. Ihr Herz schlug schneller. «Interessant. Und – in welcher Art?»

Sein Lächeln wurde breiter. Er wusste, dass sie ihn necken wollte, und er war nur allzu willig mitzuspielen.

«Du weißt, in welcher Art!», schimpfte er zärtlich.

Er beugte sich noch weiter vor. Fast berührten sich ihre Lippen, und Buffy spürte den leisen Hauch seines Atems auf ihrer Wange.

«Trotzdem», seufzte sie unschuldig, «ich hatte einen harten Tag, und du solltest es mir erklären.»

«Sollte ich?», neckte Angel.

«Aber ja ...»

Und als seine Lippen die ihren trafen, gab sich Buffy seinem langen, leidenschaftlichen Kuss hin.

Am Morgen nach Halloween stand Giles in *Ethan's Costume Shop*.

Es war, als habe der Laden nie existiert.

Leere Kartons, ausgeräumte Regale, umgeworfene Schaufensterpuppen – nichts kündete davon, dass hier noch vor kurzem ein florierender Handel betrieben worden war.

Langsam wanderte Giles durch den Raum. Seine Miene war nachdenklich. Unheimlich hallten seine Schritte auf dem Boden.

Und dann erregte etwas seine Aufmerksamkeit.

Da – genau vor ihm – klebte eine kleine Karte an einem leeren Schaukasten.

Giles riss sie ab.

Er starrte auf die handschriftliche Nachricht, auf die drei Wörter in kühnen schwarzen Buchstaben.

Wir sehen uns.

Seinem Gesicht war nichts anzumerken, als er wieder aufblickte.

Aber sein Blick war kalt und hart geworden.

DIE ZWEITE CHRONIK:

Was will ich einmal werden?

Teil 1 und 2

Prolog

Nun, da Halloween vorbei war, versuchte Buffy, ihrem Leben eine neue Richtung zu geben.

Wieder einmal war Sunnydale vor der Katastrophe gerettet worden. Buffy war klar geworden, dass sie es doch vorzog, sie selber zu sein und nicht so ein hilfloses Weibchen. Darin fühlte sie sich bestärkt durch die Liebe, die Angel ihr entgegenbrachte – seine Zärtlichkeit, den Blick seiner Augen, seine Küsse in jener Nacht. Sie wollte so gern glauben, dass ihre Liebe alle Hindernisse überwinden konnte, dass ihr Leben so erfüllt sein würde wie das jeder normalen jungen Frau.

Und doch – im Innersten war Buffy nicht davon überzeugt.

Während der ‹Berufsmesse›, einer Orientierungswoche an der Sunnydale High, wurde sie auf schmerzliche Weise daran erinnert, dass sie eben nicht wie die anderen war – und nie sein würde.

An diesem Tag saß sie mit Xander im Aufenthaltsraum der Schule und stierte trübsinnig auf ihren Fragebogen. An den Wänden hingen Spruchbänder, auf denen die Schüler daran erinnert wurden, dass die Berufsmesse am nächsten Tag startete. Hinter einem Tisch auf der anderen Seite des Raumes thronte der von der Schule bestellte Tutor; vor ihm prangte ein Schild, auf dem ‹Berufs- und Eignungstest› stand.

Als Buffy aufblickte, sah sie Willow hereinkommen. Sie schnappte sich einen Fragebogen und kam zu ihrem Tisch.

«Sind Sie ein Mensch, der gern mit anderen Menschen umgeht, oder sind Sie lieber für sich allein?», las Xander feierlich vor. Stirnrunzelnd dachte er nach. «Was ist, wenn ich zwar so ein Menschenfreund bin, in Ermangelung anderer aber manchmal allein sein muss?»

«Dann kreuze keins von beiden an», riet Buffy.

«Es gibt aber kein Kästchen, um nichts anzukreuzen. Das hieße ja, zu viele Variablen in die quarkköpfige, Nummern zählende kleine Welt dieser Erhebungsspezialisten einzuführen.»

Willow lächelte Xander aufmunternd an. «Höre ich da Ironie?»

«Ich finde bloß, dass diese Leute doch nicht von *einem* lumpigen Multiple-Choice-Test ablesen können, was wir für den Rest unseres Lebens machen sollen», murrte Xander. «Das ist einfach lächerlich.»

Willow riss die Augen weit auf. «Ich bin schon irgendwie neugierig, was ich einmal werde.»

«Und willst du dafür die ganze Spontaneität deiner Jugend verlieren? Da möcht ich's doch lieber nicht wissen.»

«Wir werden nicht immer jung sein», gab Willow zu bedenken.

«Ich werde immer dumm sein», gab Xander zurück. Und als niemand etwas dagegen sagte: «Okay, ihr braucht ja nicht gleich ‹Nein!› zu schreien …»

Die drei blickten auf, als sie Cordelias Stimme vernahmen. Die segelte geradewegs auf sie zu, hielt ihren Fragebogen in der Hand und hatte wie üblich einen Schwarm Bewunderer hinter sich.

«Ich bemühe mich, meinen Mitmenschen zu helfen», las sie laut vor. «Richtig.»

Sie kreuzte entschlossen ein Kästchen an. Dann neigte sie den Kopf zur Seite und zog die Nase kraus.

«Ich meine, solange sie nicht schmutzig oder stinkig oder sonst wie krass sind.»

«Cordelia Chase», seufzte Xander. «Immer bereit, ihre helfende Hand den Reichen und Schönen zu reichen.»

Cordelia betrachtete ihn mit frostigem Lächeln. «Und das schließt dich schon *zweimal* aus!»

Sie entfernte sich wieder. Ihr Gefolge kicherte beifällig. Xander schickte ihr einen vernichtenden Blick hinterher.

«Ist Mord eigentlich *immer* ein Verbrechen?», erkundigte er sich hoffnungsvoll.

Buffy studierte die Fragen auf ihrem Bogen. Dann blickte sie auf. «Mag ich Büsche und Sträucher?»

«Das musst du schon mit deinem Schöpfer abklären», meinte Xander.

«Was würdest du ankreuzen?», fragte Buffy Willow und verrenkte sich den Hals, um deren Fragebogen einzusehen.

«Ich habe die Büsche angekreuzt.»

«Die Büsche», stimmte Buffy zu und ließ sich auf ihren Stuhl zurückfallen. «Okay.» Stirnrunzelnd legte sie ihren Stift hin. «Ich sollte mich wirklich nicht mit so was abplagen. Diese Fragen erscheinen mir äußerst fragwürdig. Völlig egal, was bei meinem Eignungstest herauskommt – ich kenne meinen Job schon.»

«Jawohl», nickte Xander. «Höchstrisiko, Unterbezahlung ...»

Buffy hielt ihm ihren Bleistift vor die Brust. «Spitze Holzdinger.»

«Warum machst du dann überhaupt den Test?», wollte Willow wissen.

«Wegen Rektor Snyders ‹Reifenhüpfwoche›», gab Buffy trocken zurück. «Er wird keine Ruhe geben, bis ich nicht gesprungen bin. Glaub mir, sonst wäre ich gar nicht hier.»

«Bist du denn kein bisschen neugierig, was du hättest werden *können*?», fiel Willow ihr ins Wort. «Ich meine, wenn du nicht die Jägerin wärst.»

«Haben die Worte ‹besiegelt› und ‹Schicksal› irgendeinen Sinn für dich, Will?», schnauzte Buffy. «Also, warum dann der ganze Zirkus?»

Sie hielt jäh inne, erschrocken darüber, dass sie sich so hatte gehen lassen. Willow sah verletzt aus.

«Weißt du», meinte Xander, «mit dieser Haltung hast du gute Aussichten auf eine Karriere beim Straßenverkehrsamt.»

Buffy nickte. Sie wand sich verlegen unter seinem vorwurfsvollen Blick. «Es tut mir Leid. Nur – bevor die Hölle nicht gefriert und jeder einzelne Vampir in Sunnydale in den vorgezogenen Ruhestand geht, würde ich meine Zukunft als nichtexistent bezeichnen.»

Die Frage nach Drusillas Zukunft lastete schwer auf Spike – er konnte in langen, quälenden Nächten kaum an etwas anderes denken.

Im Augenblick stand Drusilla am einen Ende des langen Esstisches und legte ihre geliebten Tarotkarten, während Spike unruhig am anderen Ende auf und ab ging. In der Hand hielt er ein lateinisch-englisches Wörterbuch. Er hatte Dalton befohlen, sich an diesem Abend zu ihnen zu setzen. Unter Spikes zahlreichen Getreuen war Dalton derjenige mit den besten Manieren – und der Einzige in dem ganzen

Haufen, der ein bisschen Bildung besaß. Und während Spike unablässig den Raum durchmaß, brütete Dalton über dem Manuskript, das vor ihm auf dem Tisch lag.

«Lies es noch einmal», befahl Spike.

Dalton zögerte, während er die Brille über seiner hässlichen Vampirnase zurechtrückte. «Ich bin mir nicht sicher … es könnte so etwas wie *Deprimere ille bubula linter* heißen.»

Rasch blätterte Spike im Wörterbuch. Er fand die richtige Seite und las langsam vor: «Erniedrige das Rindfleisch … du Schwachkopf!» Spike schlug ihm mit dem Buch auf den Kopf. «Warum hört sich das für mich nicht richtig an?», verlangte er zu wissen.

Summend wandte sich Drusilla ihnen zu. In ihrem feinen weißen Kleid und dem schwarzen Spitzenschal wirkte sie noch blasser als sonst. Sie wiegte sich hin und her und breitete ihre Arme aus …

«Spike! Komm, tanz mit mir.»

«Lass uns mal ein bisschen in Ruhe, ja?» rief Spike ärgerlich. «Siehst du nicht, dass ich arbeite?»

Im selben Augenblick bereute er es schon. Er sah an Drusillas Blick, wie verletzt sie war. Ihre Unterlippe zitterte, und ihre Augen füllten sich mit Tränen.

«Es tut mir Leid, Küken.» Reuevoll ging Spike zu ihr. «Es ist nur so, dass das Heilmittel für dich wahrscheinlich in diesem Manuskript steht. Aber es liest sich wie Kauderwelsch.»

Drusilla, die immer noch schmollte, wandte sich ab. Spike versuchte sie zu besänftigen.

«Ich bin selber völlig ratlos», erklärte er. «Latein habe ich nie kapiert. Sogar Dalton, dieses Superhirn, wird daraus nicht schlau.»

Spike konnte es kaum noch ertragen, Drusilla so verletzt

zu sehen, wo sie doch sowieso schon krank war. Flehend blickte er sie an, aber sie wandte sich wieder von ihm ab.

«Ich – ich muss Miss Edith umziehen …»

Urplötzlich wurde Drusilla schwindelig, sie musste sich an der Tischkante festhalten. Spike eilte ihr zu Hilfe.

Sie war kaum mehr als ein Geist. Als er sie vorsichtig zu einem Stuhl führte, löste sich ihr Schal und enthüllte die dunklen, hässlichen Blutergüsse unter der fast durchsichtigen Haut ihrer Arme.

Spike wandte den Blick ab. Er fühlte, wie Verzweiflung ihn übermannte – abgrundtiefe Hilflosigkeit, die seinem Wesen sonst fremd war. Er kniete neben Drusilla nieder.

«Vergib mir.» Seine Stimme brach, den Tränen nahe. «Du weißt doch, dass ich es nicht ertrage, dich so zu sehen.» Seine Machtlosigkeit brachte ihn schier zur Verzweiflung. «Aber die Zeit läuft uns davon. Diese verdammte Jägerin! Immer wenn sich unsere Wege kreuzen, vermasselt sie mir alle Pläne!»

«Schhhhh», machte Drusilla. Sie lenkte ein, als sie seinen Schmerz sah; zärtlich ergriff sie sein Kinn und hob es hoch. «Beruhige dich. Du wirst es schon richtig machen. Ich weiß es.»

Das war der Segensspruch, auf den Spike gewartet hatte. Dankbar nahm er Drusillas Hand und küsste sie. Dann richtete er sich gestärkt auf und nahm Dalton wieder unter Beschuss.

«Was ist nun? Mach voran. Erleuchte meinen Geist.»

Dalton nickte nervös, während seine Finger über die Seiten des Manuskripts strichen. «Es sieht aus wie Latein, aber es ist kein Latein. Ich bin nicht einmal sicher, dass es eine Sprache ist. Jedenfalls keine, die ich entziffern kann …»

«Dann *mach* eine Sprache daraus!», brüllte Spike und

ging drohend auf ihn zu. «So nennt man das doch, oder? Transkribieren?»

«Nicht – nicht ganz.»

Spike packte Dalton. Mit einer Hand hob er ihn hoch. Dalton versuchte sich vor dem Schlag zu schützen, der da kommen musste.

«Ich will dieses Heilmittel!», zischte Spike.

Am anderen Ende des Tisches legte Drusilla von neuem die Karten. Als Spike Dalton gerade einen vernichtenden Schlag versetzen wollte, hob sie eine Hand.

«Lass ihn!»

«Warum denn?», fauchte Spike. «Manche finden Schmerzen» – er boxte Dalton brutal in den Magen, sodass er zu Boden ging – «sehr motivierend.»

Bevor Dalton Luft schöpfen konnte, hatte Spike ihn schon wieder am Kragen gepackt.

«Er kann dir nicht helfen», beharrte Drusilla. «Nicht ohne den Schlüssel!»

Spike hielt mitten in der Bewegung inne. Sehr langsam drehte er sich zu ihr um.

«Der Schlüssel? Du meinst, das Buch ist in so einer Art Code geschrieben?»

Drusilla nickte. Spike ließ Dalton achtlos fallen und ging zu ihr hinüber. Mit feierlichem Blick drehte sie die nächste Karte um.

Darauf war der Kupferstich einer verfallenen Gruft abgebildet. Einer mit Efeu überwucherten Gruft, die majestätisch auf einem Feld schiefer Grabsteine vermoderte.

«Sollen wir dort diesen Schlüssel finden?», murmelte Spike.

Wieder nickte Drusilla. Langsam breitete sich ein zufriedenes Grinsen auf Spikes Zügen aus.

«Ich schicke sofort die Jungs hin», versprach er.

Drusillas Augen leuchteten vor Freude. «Willst du jetzt tanzen?»

«Ja, ich tanze mit dir, mein Schätzchen.» Spike lachte. «Auf dem Grab der Jägerin.»

Er nahm sie in die Arme. Und während Dalton furchtsam zusah, wirbelte Spike seine geliebte Drusilla im Kreis herum ... zu einer Musik, die nur sie hören konnte.

Eins

Gewöhnlich war es ruhig auf dem Friedhof, aber heute Nacht drohte ein Sturm.

Buffy strich zwischen den Gräbern umher. Dies war der letzte Abschnitt ihrer Nachtpatrouille. Sie war müde und wollte nur nach Hause. Eine steife Brise wehte und brachte das welke Laub zum Tanzen. Doch plötzlich hörte sie ein anderes Geräusch – nicht das entfernte Grollen des Donners, sondern ein anderes, deutliches Geräusch – etwas, das sie noch nie vernommen hatte.

Buffy blieb stehen. Wieder ertönte dieses Geräusch – *kling, kling, kling*. Sie horchte angespannt und versuchte seine Quelle auszumachen. Langsam glitt ihr Blick über dunkle Grabsteine. Und dann sah sie es.

Das Mausoleum stand ein wenig abseits von den anderen Gräbern, seine modernde Pracht ragte über sie hinaus. Buffy beobachtete es lange Zeit, dann endlich schlich sie näher heran.

Das Geräusch war jetzt deutlich wahrzunehmen. Als sie sich der Vorderseite des Mausoleums näherte, begriff sie, dass der Laut von drinnen kam, und zu ihrem Erstaunen entdeckte sie, dass die schwere Eisentür offen stand. Ein unheimlicher Lichtschein flackerte auf der Schwelle. Buffy holte tief Luft und spähte in das Mausoleum hinein.

Im Boden steckte eine Fackel, deren Schein makabre Schatten über die düsteren Wände flackern ließ. Buffy entdeckte eine dunkle Gestalt, die sich eng an die rückwärtige Wand drückte. Die Gestalt war so vertieft in ihre Arbeit, dass sie Buffys Anwesenheit nicht bemerkte. Ihr Interesse war ausschließlich auf eine der Grabkammern gerichtet. Sie brach das Schloss auf, griff geschwind hinein und zog etwas heraus.

Wie der Blitz war Buffy wieder draußen. Sie postierte sich am Fuß der Treppe, die zum Mausoleum führte, und verschränkte die Arme vor der Brust. Die Gestalt kam heraus.

«Ist euch Kerlen der Begriff ‹Ruhe in Frieden› überhaupt nicht heilig?», fragte Buffy mit gespielter Überraschung. «Ach, ich vergaß – ihr seid ja gar keine Kerle.»

Dalton blieb wie angewurzelt stehen. Er packte die rote Samttasche fester und nahm sofort Kampfhaltung an.

Buffy hörte den zweiten Vampir nicht, der sich in dem Moment von hinten an sie heranschlich. Als sie einen Holzpflock aus der Jacke zog, stürzte er sich mit erhobenen Klauen auf sie.

Buffy fuhr herum, sprang in die Luft und verpasste ihm einen gezielten Tritt. Dann packte sie ihn und schmetterte seinen Kopf gegen einen Baumstumpf. Der Vampir brach zusammen. Buffy pfählte ihn und sah zu, wie er zu Staub zerfiel.

«Runde eins geht an mich», verkündete sie triumphierend, dann wirbelte sie herum, um Dalton zu erledigen.

Aber Dalton war verschwunden.

Buffy starrte auf die leeren Stufen des Mausoleums.

«Runde zwei abgehauen», murmelte sie verblüfft.

Sie stand eine Weile da und lauschte angestrengt in die Nacht. Ihr Instinkt sagte ihr, dass die Gefahr gebannt war, und so machte sie sich endlich auf den Heimweg.

Angel wartete auf sie. Buffy wollte gerade durchs Fenster klettern, als sie ihn im Zimmer entdeckte. Jäh hielt sie inne. Ihr Herz klopfte, und Wärme strömte durch ihren ganzen Körper, wie immer, wenn Angel in der Nähe war – ja, wenn sie nur an ihn dachte.

Und so werden wir uns immer treffen, kam ihr plötzlich in den Sinn, *es ist der einzige Weg, wie wir uns treffen können – im Schutz der Dunkelheit …*

Das Herz tat ihr weh. Sie blieb still auf der Fensterbank sitzen und wartete.

Angel bemerkte sie nicht. Er ging ruhelos im Zimmer auf und ab, nahm verschiedene ihrer Sachen in die Hand, betrachtete sie und legte sie wieder weg. Er hatte sich nie besonders um materielle Besitztümer geschert – schon früh in seiner Existenz hatte er gelernt, wie lästig es war, sie durch die Jahrhunderte mitzuschleppen. Doch jetzt, während er Buffys Spielzeuge und Schätze untersuchte, entstand ein ganz neues Bild von ihr: nicht das der Jägerin, der Erwählten, sondern das Bild einer lebendigen jungen Frau mit Hoffnungen, Träumen und dem brennenden Wunsch, genauso zu sein wie andere Teenager.

Vorsichtig streckte er die Hand nach einem Regal aus. Mit einem Finger strich er über ein Schwein aus Plüsch, und plötzlich schnürte sich ihm die Kehle zu.

Es waren Dinge aus der Menschenwelt.

Dinge, die ihm nur zu klar vor Augen hielten, dass Buffy sterblich war.

Buffy sah, wie er zögerte, wie er die Lippen zusammenpresste. Mit einem Schwung schleuderte sie ihre Werkzeugtasche ins Zimmer, die mit einem ‹Plumps!› auf dem Boden landete. Angel fuhr vor Schreck zurück, als hätte man auf ihn geschossen. Er drehte sich um, und Buffy sah belustigt, dass er ihr Lieblingsplüschtier in der Hand hielt.

«Buffy», seufzte Angel erleichtert. «Hast du mich erschreckt!»

Buffy schwang ihre Beine über das Fensterbrett. «Dann weißt du ja jetzt, wie das ist, du Heimlichtuer.» Sie hatte ihn nur necken wollen, aber nun schlich sich wieder Bitterkeit in ihre Stimme. «So, so. Du wolltest also bloß vorbeikommen und dir mit Mr. Gordo einen schönen Abend machen?»

Angel starrte sie verständnislos an. «Wie bitte?»

«Mr. Gordo – das Schwein.»

Er sah auf das Stofftier, das er immer noch in der Hand hielt. «Oh, ich, nein ...» Verlegen stellte er das Tier ins Regal zurück.

«Was liegt an?», fragte Buffy lässig.

«Nichts.»

Sie warf ihm einen argwöhnischen Blick zu. «So siehst du aber nicht aus. Siehst eher aus, als ob eine Menge anliegt. Und außerdem brauchst du nicht zu flüstern. Mom ist bis Dienstag in L. A. Sie kauft dort Bilder oder so was.»

«Warum bist du dann durchs Fenster gestiegen?»

Buffy war verdutzt. Dann blickte sie verlegen zum Fenster. «Ähm, aus Gewohnheit. Also was ist los?»

Angel wurde ernst. «Ich wollte nur nachsehen, ob es dir gut geht. Hatte so ein komisches Gefühl.»

«Ach, was für eine Überraschung», meinte Buffy kurz angebunden. «Angel kommt zur Abwechslung mal mit schlechten Neuigkeiten.»

Sogleich erkannte sie, dass sie ihm damit wehgetan hatte. In seinen Augen las sie absolutes Erstaunen.

«Sorry», murmelte sie leise. «Ich bin schon den ganzen Tag so schräg drauf. Liegt nicht an dir.»

«Woran dann?»

«Nichts, es ist nur ... In der Schule läuft diese blöde ...»

«Berufsmesse?»

«Woher weißt du das?»

Angel zuckte mit den Achseln. «Ich habe spioniert.»

«Ach so. Na, dann weißt du ja Bescheid. Wir spielen jetzt eine Woche lang ‹Was will ich einmal werden?›. Bloß – ich kann nicht mitmachen.» Sie hielt inne und senkte den Blick. «Manchmal will ich einfach ...»

Sie verstummte und starrte verbittert zu Boden.

«Du willst was?», drängte Angel. «Sag es doch.»

«Willst du es wirklich wissen?», fragte Buffy ernst. «Ich will ein ganz normales Leben führen. Wie früher.»

Angel nickte. «Bevor du mich kennen gelernt hast.»

Schweigen breitete sich zwischen ihnen aus. Buffy hob den Kopf und blickte in den Spiegel neben ihrem Bett. Sie sah sich selbst ganz deutlich – das Spiegelbild einer müden jungen Frau mit traurigen Augen.

Aber sie saß allein dort.

Angel hatte kein Spiegelbild.

«Das ist es nicht», fuhr Buffy fort. «Es ist nur so, dass mir diese Berufsmesse mal wieder gezeigt hat, dass ich kein normaler Mensch bin. Sehen wir den Tatsachen ins Auge – statt einem Job habe ich eine *Berufung*. Für mich gibt's keinen Schachclub und keine Footballspiele. Meine Freizeit verbringe ich auf Friedhöfen und in dunklen Gassen ...»

«Ist es das, was du willst?», unterbrach er sie. «Football spielen?»

«Vielleicht. Vielleicht auch nicht. Aber weißt du was?» Buffy spürte, wie sie von Selbstmitleid überwältigt wurde. Sie fühlte sich jedoch außerstande, etwas dagegen zu tun. «Ich werde es auch nie herausfinden können. Ich bin in diesem Schicksal gefangen.»

Abermals blickte Angel sie verletzt an. «Ich will nicht, dass du dich gefangen fühlst», meinte er schließlich.

«Angel, ich meine doch nicht dich», versuchte sie ihm verzweifelt zu erklären. Sie wollte unbedingt, dass er es verstand. «Du bist das einzige Verrückte in meiner verrückten Welt, das mir irgendwie vernünftig erscheint.» Sie holte tief Luft. «Ich bin nur manchmal so durcheinander – ich wünschte, wir könnten wie normale Kids sein.»

Allmählich begriff er. Und schließlich brachte er ein halbherziges Nicken zustande.

«Ich werde aber nie ein normales ‹Kid› sein.»

«Okay, dann ...», Buffy überlegte blitzschnell, «... dann eben ein ganz normales Mädchen und ihr zweihundert Jahre alter Boyfriend, die Kreatur der Nacht.»

Sie merkte, dass ihr Scherz nicht ankam. Angels Blick wanderte zum Spiegel und dann ein wenig höher, als habe er etwas entdeckt.

«War dies ein Teil deines früheren Lebens?», fragte er und griff nach einem Foto am Rahmen des Spiegels.

Das Foto zeigte Buffy, als sie jünger war. Sie wirkte glücklicher. Sie stand auf Schlittschuhen und tanzte eine vollendete Arabeske.

Buffys Gesichtszüge entspannten sich, als sie das Foto sah. «Meine Dorothy-Hamill-Phase. Mein Zimmer in L.A. war das reinste Heiligtum, ich hatte Poster von Dorothy, Puppen von Dorothy. Ich hatte mir sogar die Haare wie sie schneiden lassen.» Nun war es an ihr, verlegen zu sein. «Um mir damit einen Platz im Guinness-Buch der berühmten Nachäffer zu sichern.»

Angel betrachtete sie aufmerksam. «Du wolltest so sein wie sie.»

«Ich wollte *sie* sein», stellte Buffy klar. «Meine Eltern haben sich furchtbar oft gestritten. Wenn ich Schlittschuh laufen ging, konnte ich alles vergessen ...»

Sie verstummte. Behutsam steckte Angel das Foto wieder in den Spiegelrahmen.

«Wann hast du das letzte Mal deine Schlittschuhe angehabt?», fragte er mit einem seltsamen Schimmer in den Augen. Dazu spielte ein leises Lächeln um seine Lippen.

Buffy rechnete angestrengt nach. «Also, so vor ungefähr hundert Dämonen.»

«An der Route 17 gibt es eine Schlittschuhbahn.» Er rutschte näher an sie heran. «Dienstag ist sie geschlossen.»

Buffy blickte zu ihm auf. Dann musste auch sie lächeln. «Morgen ist ja Dienstag.»

Sie waren einander nah genug, um sich zu küssen.

«Ich weiß.»

Zwei

Xander und Cordelia standen vor der großen Wandtafel im Palmenhof, an der die Ergebnisse der Eignungstests aushingen, und suchten in den ellenlangen Listen nach ihren Namen.

«Da bin ich ja!», verkündete Cordelia. «Personaleinkäufer oder Motivationsberater. Cool!»

«Motivationsberater?» Xander schaute sie leicht erschrocken an. «Was für eine Motivation denn: ‹Zehn Schritte, wie man die Leute noch wütender macht›?»

«Ach!», fauchte Cordelia. «Und du, was ist denn mit dir? Du hast Talent zum ...»

Wieder überflog sie die Listen. Dann entdeckte sie Xanders Namen. Sie brach in Lachen aus, schüttelte den Kopf und verschwand in der Menge, während Xander hilflos vor der Tafel stehen blieb.

«Was? Was?»

Er suchte wie wild nach seinem Namen. Kurz darauf schlenderten Buffy und Willow an ihm vorbei, waren aber zu sehr in ein Gespräch unter Frauen vertieft, um ihn zu sehen.

«Du und Angel, ihr wollt also Schlittschuh laufen?», fragte Willow gerade aufgeregt. «Allein?»

Buffy nickte. «Falls nicht unverhofft irgendetwas Böses dazwischenkommt.»

«Angel, Schlittschuh laufen ...»

«Ich weiß», gab Buffy zu. «Da prallen zwei Welten aufeinander.»

Sie drehten sich um, als Xander sie einholte. Ein Blick auf sein Gesicht verriet beiden, dass er tief getroffen war.

«Würdet ihr nicht sagen, dass ihr mich absolut gut kennt?», wollte Xander wissen. «Vielleicht besser als ich mich selbst?»

«Worum geht es denn?», fragte Willow argwöhnisch.

«Wenn ihr mich anseht, würdet ihr dann sagen: Der ‹Junge hat das Zeug zum Gefängniswärter›?»

Die beiden dachten nach und sahen ihn abschätzend an.

«Schrankenwärter vielleicht», meinte Buffy nach einer Weile. «Aber Gefängniswärter?»

Xander war empört. «Die haben vorhin die Resultate der

Tests ausgehängt. Und wenn ich meinen Ergebnissen glauben soll, darf ich mich auf eine erfreuliche Karriere im Strafvollzug freuen.»

«Wenigstens bist du dann auf der richtigen Seite der schwedischen Gardinen», neckte ihn Buffy.

«Lach nur, du Schnepfe. Du sollst dich bei der Gesetzeshüter-Bude melden.»

Buffy schnitt eine Grimasse. «So in Richtung Polizei?»

«So in Richtung Polyester, Donuts und Brutalität», definierte Xander.

«Igitt.»

Willows Miene hellte sich auf. «Aber ... Donuts ...»

Die Erwähnung von klebrigem Gebäck vermochte Buffy durchaus nicht zu trösten. Sie blickte in die andere Richtung, wo Giles in einiger Entfernung versuchte, einen ziemlich hohen Bücherstapel zu transportieren.

«Ich spring von dieser Brücke, wenn es so weit ist», meinte Buffy. «Erst mal muss ich zu Giles. Für ihn muss in letzter Zeit alles hypereffektiv laufen, und er besteht darauf, dass ich jeden Tag nach der Schule bei ihm reinschaue.»

Sie winkte zum Abschied und flitzte davon. Willow wandte sich neugierig an Xander.

«Du hast nicht zufällig nachgeguckt, zu welchem Stand ich muss?»

«Doch», versicherte ihr Xander. «Du warst gar nicht auf der Liste.»

Willow sah verwirrt aus. «Aber ich habe doch den Fragebogen abgegeben.»

«Dann wirst du wohl bestanden haben, schätze ich», schloss Xander.

«Das ist doch kein Test, bei dem man besteht oder durchfällt.»

«Dein Name stand einfach nicht auf der Liste, Will», wiederholte Xander.

Dann machte er sich auf den Weg ins Klassenzimmer, während Willow ihm mit sorgenvoller Miene nachstarrte.

Als Giles versuchte, die Bücher auf dem Lesetisch abzusetzen, schwankte der Stapel gefährlich – aber Buffy fing ihn gerade noch auf.

«Oh, Buffy», lächelte Giles erleichtert. «Danke dir.»

Zusammen setzten sie den Stapel vorsichtig ab.

«Ich habe ein Register der Wächtertagebücher der letzten zweihundert Jahre angelegt», erklärte Giles unterdessen. «Du würdest staunen, wie wichtigtuerisch und umständlich manche dieser Wächter waren.»

Buffy unterdrückte ein Lächeln. «Da bin ich ja platt!»

«Ich hoffe, deine Patrouille letzte Nacht hat zu einem Ergebnis geführt», fuhr Giles fort, während er sein Notizbuch aufschlug.

«So halb. Ich hab einen der Vampire erwischt, nachdem sie irgendwas aus diesem Riesenmausoleum auf dem Friedhof geklaut hatten.»

«Sie haben etwas gestohlen?», fragte Giles.

«Jawohl. Sie hatten sogar Werkzeuge mit.»

Giles ging sichtlich erregt im Raum auf und ab.

«Giles, Sie sind ja gar nicht bei der Sache», schalt Buffy. «Was ist denn los?»

«Der Vampir, der dir entwischt ist – hast du gesehen, was er gestohlen hat?»

«Nein, aber lassen Sie mich mal raten: irgendwas Antikes vermutlich?»

Giles runzelte die Stirn. «Buffy, ich meine es ernst.»

«Ich ja auch. Ich wette, es war was richtig Gruftiges.»

Giles lachte kein bisschen. Seine Stimme verriet, dass er bald mit seiner Geduld am Ende war. «Also hast du keinerlei Anstrengungen unternommen, um herauszufinden, was es war?»

Überrascht von der unerwarteten Schärfe seines Tones, blickte Buffy Giles an. «Jetzt beruhigen Sie sich mal, Giles. Ich dachte, das wäre ein ganz normaler Streich der Vampire.»

«Nein, das war es eben nicht!», erwiderte Giles scharf. «Es könnte etwas sehr Ernstes sein. Wenn du dir nur ein bisschen mehr Mühe mit deinen Beobachtungen geben würdest …»

«Wenn's Ihnen nicht passt, wie ich meine Arbeit mache», unterbrach ihn Buffy gekränkt, «warum suchen Sie sich dann nicht jemand anders dafür? Ach ja, stimmt: ‹Es kann nur eine geben.› Solange ich lebe, gibt es einfach keinen anderen für den Job. Na, da haben Sie's doch! Ich muss gar nicht die Jägerin sein! Ich könnte ja *tot* sein!»

Giles betrachtete sie ernst. «Das ist nicht besonders witzig. Wie du siehst, kann ich nicht darüber lachen.»

«Der Tod würde gar keinen so großen Unterschied machen», fuhr Buffy fort. «Ich meine, egal wie, ich langweile mich sowieso zu Tode und kann nie tun und lassen, was ich will – komme nie zum Einkaufen, und mein Haar und meine Nägel wachsen auch weiter, wenn ich tot bin – also, wo soll da der Unterschied sein?»

Giles kämpfte darum, nicht die Beherrschung zu verlieren. «Müssen wir denn *jetzt* so sehr in uns gehen?», fragte er leise. «Im Augenblick sollten wir uns lediglich darum kümmern, was letzte Nacht aus dem Mausoleum gestohlen wurde.»

Das große silberne Kreuz lag auf einem Samtkissen. Der Querbalken schien durchlöchert worden zu sein, aber ohne besonderes Muster – die Löcher waren wie zufällig gestanzt, fast wie bei einem Schweizer Käse.

«Ist es das Richtige?», fragte Spike leise.

Er saß auf Drusillas Bettkante und hielt ihr das Kreuz wie eine Opfergabe hin. Ihre zitternden Hände schwebten über dem Kreuz, doch sie berührten es nicht. Es sah fast aus, als wärme sie ihre Hände daran.

«Es summt», murmelte Drusilla. «Ich kann es hören.»

Spike lächelte erfreut. «Wenn du erst wieder gesund bist, werden wir eine Krönung auf der Main Street abhalten. Wir laden alle ein und trinken sieben Tage und sieben Nächte lang!»

«Was ist mit der Jägerin?», schaltete sich Dalton ein, der in respektvoller Entfernung den beiden zusah.

Spike fuhr herum, wütend über die Unterbrechung.

«Sie hat uns beinahe die ganze Geschichte vermasselt», fuhr Dalton fort. «Sie ist ein echtes Problem.»

Spike zog eine Braue hoch, seine Stimme war voller Sarkasmus: «Was du nicht sagst.»

Die Erwähnung Buffys reichte aus, um ihn in Rage zu versetzen. Mit Riesenschritten durchmaß er den Raum.

«Ein Problem?», wiederholte er ironisch. «Sie ist die Mücke in meinem Ohr. Die Gräte in meinem Hals! Der verdammte Stachel in meinem verdammten Fleisch!»

Er donnerte mit der Faust auf den Tisch, sodass sogar Drusilla unruhig wurde.

«Spike», wimmerte sie, aber der ließ sie nicht zu Wort kommen.

«Nein», schloss er. «Unser Schlaumeier hier hat Recht. Wir müssen etwas unternehmen. Wir können dich nicht gesund machen, solange dieses Miststück uns im Nacken sitzt.»

Er schwieg einen Augenblick und dachte nach. Und als ihm eine Idee kam, nickte er bedächtig.

«Ich brauche richtige Killer. Die kümmern sich um unser Problem und lösen es ein für alle Mal.»

Dalton blickte ihn verstört an. «Killer?»

«Die Bruderschaft von Taraka», erklärte Spike.

Er freute sich, als er sah, welche Furcht die bloße Erwähnung des Ordens bei Dalton auslöste.

«Die Kopfgeldjäger?», stammelte Dalton. «Um die Jägerin zu töten?»

Drusilla nahm ihren Stapel Tarotkarten zur Hand. Sie zog drei Karten und betrachtete sie mit einem verträumten Lächeln.

«Sie kommen zu meiner Party», murmelte sie. «Drei von ihnen.»

«Aber, dieser Orden von Taraka», sagte Dalton atemlos, «findest du nicht, dass das einen Overkill bedeutet?»

Spike musste grinsen. Er schaute auf Drusillas Karten.

«Nein. Ich finde, es ist gerade genug Kill.»

Die Bilder, die er auf den drei Karten sah, gefielen ihm sehr.

Ein Zyklop, ein Wurm, ein Jaguar.

Drei

Die Berufsmesse war in vollem Gange. Um halb drei nachmittags hatten sich die Schüler von Sunnydale an den Ständen eingefunden, die man im PZ aufgebaut hatte. Jeder Stand war mit Angehörigen der verschiedensten Berufe besetzt: Sie sollten Ratschläge geben, Mut zusprechen, Informationsschriften verteilen und die Schüler davon überzeugen, dass sie im weiteren Leben jede Menge Spaß haben würden.

Willow schlenderte mit sorgenvoller Miene durch die Menge. Ihr Blick wanderte von einem Stand zum anderen – Ärztin, Postbeamtin, Polizistin –, sie wusste immer noch nicht, wohin sie gehörte.

«Was machst du denn hier?», neckte Xander, der plötzlich neben ihr stand. «Flieg davon! Sei frei, kleiner Vogel – du kannst doch nur über diese Schubladen lachen!»

«Ich suche Buffy», teilte ihm Willow mit.

«Sie ist vor einer Stunde mit Giles weggegangen. Die beiden wollten eine Art Ausflug machen.»

Willow seufzte. «Wenn sie nicht bald zurückkommt, wird Snyder wirklich ...» Plötzlich fuhr sie zusammen und setzte ein freundliches Gesicht auf. «Hat er die Berufsmesse dieses Jahr nicht phantastisch hingekriegt, Xander?»

Xander drehte sich um und sah Rektor Snyder genau hinter sich. Sofort pflichtete er Willow bei: «Rektor Snyder! Eine wirklich tolle Sache, Sir. Ich bin tatsächlich so beeindruckt von Ihrer Leitung, dass ich gedenke, in Ihre Fußstapfen zu treten.» Xander hielt inne und blickte auf die Füße des Rektors. «Natürlich nicht in *Ihre* Schuhe, Sir. Sie sind ja ein kleiner Mensch. Aber nicht im übertragenen Sinne, meine ich ...» Er verlor den Faden. Nickte dafür um so heftiger. «Okay. Schluss jetzt!»

Rektor Snyder zog es vor, darauf erst gar nicht zu antworten.

«Wo ist sie?», erkundigte er sich bei Willow.

Die blickte ihn nur unschuldig an. «Wer?»

«Sie wissen genau, wen ich meine.»

«Oh …», sagte Willow, «Meinen Sie Buffy? Ich hab sie gerade noch gesehen.»

«Jetzt kommen Sie mir nicht damit, Sie hätten sie eben noch gesehen und sie müsse noch irgendwo hier sein!», bellte der Rektor.

Willow sah aus wie ein Hündchen, das man in die Enge getrieben hat. «Aber ich habe sie wirklich vor einer Minute noch gesehen. Und sie ist irgendwo hier.»

«Denn wenn es das wert ist …», begann Xander von neuem, aber Rektor Snyder fiel ihm ins Wort.

«Es ist überhaupt nichts wert! Welcher Laut Ihren Mund auch verlässt, er ist bloß eine Verschwendung meiner Zeit.»

«Ich bin froh, dass Sie sich so frei fühlen, mir die Wahrheit zu sagen», erwiderte Xander liebenswürdig. «Und ich hoffe, eines Tages in einer Position zu sein, um es Ihnen mit Gleichem zu vergelten.»

Der Rektor sah Xander argwöhnisch an. Es sah aus, als studiere er eine besonders seltene und gefährliche Insektenart.

«Faszinierend», murmelte er im Gehen vor sich hin.

«Ich würde ja gerne hier bleiben und weiterschwatzen», wandte sich Xander wieder an Willow, «aber ich hab eine Verabredung mit dem Gefängniswärter. Es geht um taktische Vorgehensweisen bei Revolten.»

«Okay», sagte Willow. «Dann bis später.»

Sie winkte ihm traurig nach, als er in der Menge verschwand. Plötzlich hörte sie hinter sich eine Stimme.

«Willow Rosenberg?»

Willow drehte sich erschrocken um. Zwei Männer standen neben ihr. Beide trugen schwarze Anzüge und blickten sie mit finsteren Gesichtern an. Sie wirkten sehr respekteinflößend.

«Würden Sie bitte mit uns kommen?», fragte nun einer der beiden.

Willow riss die Augen auf. «Wie bitte?»

«Lassen Sie uns gehen.»

Widerwillig ließ sie sich an den Ständen vorbei zu einer Absperrung geleiten, auf die höher gelegene Ebene des PZ zu. Zwei Stellwände schirmten diesen Raum vom Lärm im PZ ab. Der anheimelnde Raum wurde von indirektem Licht erhellt, und aus verborgenen Lautsprechern tönte ein seichter Bossa Nova. An einer Wand prangte ein Firmenlogo. Als Willow es genauer betrachtete, erkannte sie, dass es dem Logo eines großen Unternehmens in der Computerbranche ähnelte.

Ein weiß behandschuhter Kellner näherte sich lautlos. Er präsentierte ihr ein silbernes Tablett mit Hors d'œuvres.

«Versuchen Sie mal einen Happen», riet einer ihrer Begleiter. «Sie sind vorzüglich.»

Aber Willow war viel zu überwältigt, um jetzt an Essen denken zu können. «Was soll das alles bedeuten?»

«Sie wurden ausgewählt, um Mr. McCarthy vorgestellt zu werden. Mr. McCarthy ist vom weltweit führenden Softwarekonzern und sucht nach neuen Mitarbeitern», erklärte einer der Männer. «Sein Jet konnte zuerst aufgrund des Nebels nicht landen, aber er wird in Kürze erscheinen.» Nach einer Pause fügte er höflich hinzu: «Bitte machen Sie es sich doch bequem.»

Er und sein Partner wandten sich zum Gehen, aber Willow hielt sie zurück.

«Ich habe doch noch nicht mal mein Testergebnis bekommen», protestierte sie.

«Der Test war irrelevant», erklärte einer von ihnen. «Wir suchen schon seit geraumer Zeit nach Ihnen.»

«Hat das was Gutes zu bedeuten?», fragte Willow nervös.

«Ich denke schon. Wir haben strenge Auswahlkriterien. Tatsächlich ist nur ein einziger anderer Schüler aus ganz Sunnydale ebenfalls in die engere Wahl gekommen.»

Bevor Willow weitere Fragen stellen konnte, waren die Männer hinter den Stellwänden verschwunden. Staunend blickte sie ihnen nach, dann inspizierte sie ihre Umgebung.

Nun bemerkte sie zum ersten Mal, dass sie nicht allein im Raum war. Auf der Couch saß noch ein Schüler, der so aussah, als ginge ihn das Ganze nichts an. Während Willow seine dichten rötlichen Haare, die sackartigen Klamotten und den breiten, fröhlichen Mund betrachtete, erinnerte sie sich daran, dass sie zu Halloween mit ihm einen Zusammenstoß gehabt hatte. Natürlich würde er sich nicht an sie erinnern.

Aber da täuschte sie sich. Oz, der einen Teller in der Hand hielt, räkelte sich behaglich in den Kissen. Dann blickte er auf und sah, dass Willow ihn anstarrte. Normalerweise zeigte sein Gesicht nicht besonders viele Emotionen. Aber nun war das anders – in seiner Miene spiegelte sich helle Freude.

Nach kurzem Zögern setzte sich Willow neben ihn.

Ein langes, verlegenes Schweigen entstand. Beide blickten starr geradeaus.

Es war Oz, der schließlich das Schweigen brach. Er beugte sich mit dem Teller zu Willow vor.

«Ein Häppchen?»

Vier

Giles versuchte, mit Buffy Schritt zu halten, als sie über den Friedhof hastete. Sie war wohl immer noch gekränkt, denn sie versuchte ganz offensichtlich, ihm davonzurennen.

«Buffy», seufzte er schließlich. «Bitte. Lauf nicht so schnell.»

«Jetzt machen Sie mal voran, Giles!», gab Buffy barsch zurück. «Wir haben was zu erledigen, schon vergessen?»

«Du benimmst dich furchtbar kindisch.»

«Bingo! Und wissen Sie auch, warum? Ich bin ein Teenager! Ich muss erst noch erwachsen werden!»

Giles suchte nach einer passenden Erwiderung. «Ich wollte doch nur ein wenig konstruktive Kritik üben.»

«Sie waren sehr schroff», stellte Buffy richtig. «Sie tun so, als hätte ich mir diesen Job ausgesucht. Aber ich bin ausgesucht *worden*. Zu schade, dass ich lieber einen normalen Job hätte.»

Irgendetwas ist mit ihr geschehen, dachte Giles und wünschte nur, er wüsste, was. Es sah Buffy gar nicht ähnlich, sich so zu bedauern. Er ließ seinen Blick über die Grabsteine wandern und versuchte, seine Gedanken zu ordnen.

«Was du hast, ist mehr als ein Job», erinnerte er sie entschieden. «Es ist eine heilige Pflicht.»

Sie warf ihm über die Schulter einen Blick zu, der nur zu deutlich ausdrückte, wie sehr ihr diese ständige Ermahnung zum Hals heraushing. Giles erhöhte sein Tempo. Es musste doch etwas geben, das sie wieder beruhigte!

«Diese Pflicht muss dich ja nicht daran hindern, irgendwann eine mehr weltliche Beschäftigung aufzunehmen, wenn dir danach ist. Ich habe ja auch einen Beruf.»

«Der Wächter und gleichzeitig Bibliothekar zu sein ist

eine Sache.» Buffy blieb störrisch. «Das passt zusammen wie ein Ei und ... ein anderes. Zwei Eier. Oder so.» Sie registrierte Giles' Blick. «Sie wissen schon, was ich sagen will: Sie hängen die ganze Zeit hinter dicken Bücherstapeln rum, und jeder findet das normal. Aber was soll ich denn tun? Holzpflöcke für meine Kinder schnitzen?»

«Da hast du einmal Recht», gab Giles zu. «Ich glaube, ich habe noch nie so richtig darüber nachgedacht, dass ...» Er brach ab und dachte einen Augenblick nach. Dann hellte sich seine Miene auf. «Sag mal, hast du jemals daran gedacht, ein Hüter des Gesetzes zu werden?»

Zum Glück waren sie nun beim Mausoleum angelangt, und Buffy hatte keine Zeit mehr, sich eine vernichtende Antwort zu überlegen.

«Hier ist es», sagte sie.

Sie schob die schwere Eisentür auf und schlüpfte hinein. Giles folgte ihr.

Buffy hatte eine Taschenlampe mitgebracht; nun knipste sie sie an und ließ den Lichtstrahl durch den düsteren Raum wandern. Dann führte sie Giles zu der Grabkammer an der Rückwand, deren Tür immer noch offen stand.

«Darf ich?», fragte Giles leise.

«Bitte schön.»

Er nahm die Taschenlampe und leuchtete in die leere Kammer.

«Es ist ein Reliquienschrein«, erklärte er, «in dem man besonders geheiligte Gegenstände aufbewahrte. Gewöhnlich war dies ein Finger oder irgendein anderer Körperteil eines Heiligen.»

«Anmerkung Nummer eins», witzelte Buffy. «Religion ist – verrückt.»

Giles drehte sich um und leuchtete mit der Taschenlampe auf die anderen Wände. Nun sahen sie etwas, das sie vorher nicht bemerkt hatten: eine Inschrift, die über der Türöffnung eingemeißelt war.

«Du Lac …», las Giles laut. Sofort hörte Buffy aus seinen Worten, dass er den Namen kannte. Und dass er ihm Angst machte. «O je …»

«Ich mag es gar nicht, wenn Sie diesen Ton in der Stimme haben», bemerkte sie leise.

«Josephus du Lac liegt hier begraben.»

«War er denn ein Heiliger?»

«Wohl kaum», meinte Giles nachdenklich. «Er gehörte einer Priestersekte an, die Anfang dieses Jahrhunderts vom Papst exkommuniziert wurde.»

Buffy zog eine Braue hoch. «Exkommunikation *und* dann ab nach Sunnydale. Das müssen aber große Sünder gewesen sein.»

«Erinnerst du dich noch an das Buch, das vor ein paar Wochen von einem Vampir aus der Bibliothek gestohlen wurde?», fuhr Giles fort. «Dieses Buch wurde von du Lac und seinen Anhängern verfasst.» Verärgert brach er ab, dann fügte er hinzu: «Verdammt, in der ganzen Aufregung hab ich das einfach vergessen.»

«Ich rate mal, es war nicht das Kochbuch ‹Der Geschmack des Vatikans›», meinte Buffy, aber Giles ging nicht darauf ein.

«Es heißt, dass in dem Buch bestimmte Rituale und Zaubersprüche verzeichnet sind, die etwas unsagbar Böses heraufbeschwören. Aber es war in sehr altertümlichem Latein geschrieben, sodass keiner außer den Sektenmitgliedern es verstehen konnte.»

Sie verließen das Mausoleum. Nach der feuchten Luft taten ihnen die Wärme und eine leichte Brise gut.

«Dann ist doch alles paletti», versuchte Buffy sich Mut zu machen. «Die Sekte ist verschwunden. Futter für die Würmer wie der alte du Lac, stimmt's?»

Aber Giles war völlig abwesend. «Das gefällt mir nicht, Buffy. Erst wird das Buch gestohlen. Und dann holen die Vampire etwas aus du Lacs Grab.»

«Glauben Sie, die können das Buch entziffern?»

«Ich weiß es nicht.» Langsam schüttelte Giles den Kopf. «Aber irgendetwas geht da vor, Buffy. Und ich versichere dir, was es auch ist – es kann nichts Gutes sein.»

Fünf

Im Busbahnhof von Sunnydale fuhr ein Bus ein. Er kam in einer qualmenden Abgaswolke zum Stehen. Zischend fuhren die Türen auf.

Keiner der Reisenden sah besonders auffallend aus. Müde kletterten sie aus dem Bus und trotteten durch den Eingang ins Freie, jeder auf dem Weg zu seinem ganz alltäglichen Ziel.

Bis auf einen.

Dieser Mann war ein wahrer Riese, der über zwei Meter maß und gut und gerne vierhundert Pfund auf die Waage brachte. Fettiges Haar hing ihm über die Schultern. An einem Auge hatte er einen grauen Star – ein langer, milchiger Katarakt lief über die Iris. Das andere Auge saß tief verborgen inmitten fleischiger Narben und Furunkel, die sein Gesicht zeichneten.

Sein Name war Octarus.

Und er hatte einen Auftrag zu erfüllen.

Ein harmlos aussehender Mann spazierte pfeifend den Revello Drive entlang. Er trug eine Aktentasche. Sein Gesicht war rund wie der Mond und sein Haar schütter. Er trug einen Anzug, der für seine zierliche Figur viel zu weit geschnitten war.

Sein Name war Mr. Pfister, und auch er hatte einen Auftrag zu erfüllen.

Er blieb einen Augenblick vor Buffys Briefkasten stehen und las den Namen Summers, der dort in Schablonenschrift geschrieben stand. Dann wandte er sich ab und nahm den Weg zum Nachbarhaus. Er stieg die Stufen hoch und klingelte. Mechanisch rückte er seinen Krawattenknoten zurecht. Als eine müde wirkende Hausfrau öffnete, zeigte er sein schönstes Vertreterlächeln.

«Mrs. Kalish?»

«Ja?», fragte die Frau misstrauisch.

«Ich bin Norman Pfister von der Blush Beautiful Hautpflege. Ich will nichts verkaufen, damit möchte ich Sie nicht belästigen.» Er hielt seine Aktentasche hoch, damit sie es sah. «Ich möchte Ihnen lediglich ein paar Gratisproben anbieten.»

Mrs. Kalishs Argwohn geriet ins Wanken. «Gratis?»

«Völlig gratis.»

Sie dachte einen Moment nach, dann ließ sie ihn herein. Mr. Pfister betrat das Haus, und sie schloss die Tür hinter ihm.

An diesem Nachmittag war kein Mensch auf der ruhigen Straße.

Keiner, der Mrs. Kalish schreien hörte.

Auf dem Flughafen war gerade eine Boeing 767 gelandet. Während die Motoren des riesigen Jets noch dröhnten, wurde die Luke zum Laderaum geöffnet, und ein Gepäckbeförderer kroch herein. Er trug einen Walkman, der seine Ohren mit Heavy Metal bombardierte. Plötzlich hielt er an und blinzelte in die dunklen Nischen, die für einen Moment vom Sonnenlicht aus der Öffnung hinter ihm erhellt wurden.

Seltsam …

Der junge Mann spähte über den Maschendraht, der die Fracht zusammenhielt. Eine Sekunde lang hätte er schwören können, eine dunkle Silhouette zwischen den Kisten zu sehen.

Er zuckte die Achseln. *Vielleicht bloß eine Täuschung …*

Er kümmerte sich um die Gepäckstücke und warf sie nach unten auf das Fließband. Dann legte er eine Pause ein, tat so, als spiele er ein Gitarrensolo und nehme den Applaus einer imaginären Zuhörerschar entgegen.

Plötzlich glaubte er wieder etwas zu sehen. Etwas, das hinter dem Maschendraht auf die Seite huschte.

«Was zum Teufel …»

Er stellte den Walkman ab und schob sich durch den dunklen Laderaum.

«Hey!», rief er mutig. «Sie dürfen sich hier unten nicht aufhalten.»

Keine Antwort. Er blieb zögernd stehen.

«Nun kommen Sie schon …», begann er, sollte den Satz aber nicht mehr zu Ende bringen.

Ein Hagel von Schlägen kam wie aus dem Nichts und fegte ihn zu Boden. Er stöhnte leise.

Trotz des Rauschens in seinen Ohren glaubte er das Echo von Schritten zu hören. Er vermeinte einen Schatten über sich zu sehen, der über ihn hinwegstieg …

Langsam hob er den Blick.

Da stand sie, eine Silhouette in der Tür, und blickte auf ihn herab.

Eine junge Frau – groß, schlank und von exotischem Aussehen – mit milchkaffeebrauner Haut und eng anliegender Kleidung.

Ihre Stirn war hoch und breit, sie hatte hohe Wangenknochen; das lange schwarze Haar war im Nacken zusammengebunden und hing als Pferdeschwanz über ihren Rücken. Doch es waren ihre Augen, die den jungen Mann erschaudern ließen – denn obgleich er den Blick abwenden wollte, schienen ihn diese Augen festzuhalten.

Sie waren groß, schwarz und mandelförmig geschnitten. Ihr Blick war der einer Wildkatze, erbarmungslos.

Die Augen eines Jägers. Eines Raubtieres.

Erleichtert sah der junge Mann, wie sie sich plötzlich umdrehte und hinunter auf das Rollfeld sprang.

Ihr Name war Kendra.

Und sie hatte eine Menge zu erledigen.

Sechs

Die Schule war seit Stunden aus.

Sobald Buffy und Giles vom Friedhof zurückgekehrt waren, hatten sie Willow und Xander zu einer dringenden Konferenz einberufen, und nun saßen die vier schon seit geraumer Zeit in der Bibliothek und redeten über das Grabmal der du Lac.

«Giles ist also sicher, dass der Vampir, der das Buch gestohlen hat, in Verbindung mit dem steht, den du letzte Nacht erschlagen hast?», wollte Willow von Buffy wissen.

«Ja», gab Giles zerstreut zur Antwort. Er strich zwischen

den Bücherregalen umher und tauchte schließlich mit einer vergilbten Zeitschrift wieder auf. «Da bin ich mir sicher.»

Er legte die Zeitschrift vor ihnen auf den Tisch. Es war eine *National Geographic* aus dem Jahre 1921.

«Du Lac war sowohl Theologe als auch Mathematiker», dozierte Giles. «In einem Artikel dieser Ausgabe wird eine seiner Erfindungen beschrieben, die er das Du-Lac-Kreuz nannte.»

«Warum macht er sich bloß die Mühe, etwas zu erfinden und ihm dann so einen einfallslosen Namen zu geben!», fiel ihm Xander ins Wort. «Ich hätte es ‹Kreuz-o-matic!› oder ‹Der unglaubliche Mr. Kreuz!› genannt.»

Er verstummte, als er bemerkte, wie die anderen ihn anschauten. Giles schlug die Zeitschrift auf und zeigte ihnen eine vergilbte Aufnahme des Kreuzes. Willow vertiefte sich in den Artikel.

«Das Kreuz war mehr als nur ein Symbol», fuhr Giles fort. «Es diente dazu, bestimmte mystische Texte zu verstehen, verborgene Bedeutungen zu entschlüsseln und so weiter.»

Stirnrunzelnd blickte Buffy zu ihm auf. «Sie meinen, diese Vampire haben sich die ganze Mühe gemacht, bloß um diesen Hauptdechiffrierer zu ergattern?»

Giles sah sie verdutzt an. «Ja, das meine ich.»

«Wenn man diesem Artikel hier glauben darf», schaltete sich Willow ein, «dann hat du Lac jedes der Kreuze zerstört bis auf das, mit dem er begraben wurde.»

Wieder legte Buffy die Stirn in Falten. «Warum sollte er sein eigenes Werk zerstören?»

«Ich nehme an, er befürchtete, dass das Kreuz in die falschen Hände geraten könnte», erklärte Giles.

«Eine Furcht, die wir schon bald am eigenen Leib verspüren werden», erinnerte ihn Xander.

«Falls wir nicht ihre Pläne vereiteln», fügte Giles hinzu.

Eifrig beugte sich Willow vor. «Wie denn?»

«Indem wir das Buch entschlüsseln, bevor sie es tun.» Giles sah sie grimmig entschlossen an. «Und das bedeutet, dass wir heute noch lange aufbleiben müssen.»

«O toll!», strahlte Willow. «Eine Untersuchungs-Party!»

«Will», ermahnte Xander sie. «Du brauchst wirklich mal ein bisschen Abwechslung!»

«Wo wir gerade davon reden», fiel Buffy ihm fröhlich ins Wort. «Ich muss leider blaumachen. Ich verspreche euch, morgen in aller Frühe wieder da zu sein, frisch und ausgeruht und zur Schlacht bereit.»

Giles sah sie verständnislos an. «Das ist eine ziemlich dringende Angelegenheit, Buffy.»

«Ich weiß», gab sie rasch zu. «Aber ihr müsst doch zugeben, dass ich von Büchern nicht so viel Ahnung habe. Ihr seid die klugen Köpfe. Ich wäre doch nur da, um moralische Unterstützung zu leisten.»

«Das stimmt nicht, Buffy», erwiderte Xander trocken. «Du bist ganz wichtig für uns. Du sorgst nämlich für die Verpflegung.»

Buffy warf Willow, der Mitwisserin ihres Geheimnisses, einen flehenden Blick zu.

«Sie sollte doch gehen», stimmte Willow hastig zu. «Ihr wisst schon, sie muss Kräfte sammeln.»

Giles dachte einen Augenblick nach. «Vielleicht hast du Recht. Es könnten schwere Kämpfe auf sie zukommen.»

«Aber Essen ist ein wichtiger Bestandteil meines Erkenntnisprozesses», gab Xander zu bedenken.

Buffy warf ihm einen um Verzeihung heischenden Blick

zu. «Sorry, Xand. Es gibt da etwas, das ich heute Abend wirklich tun muss.»

Und schon flitzte sie aus der Bibliothek und ließ Giles und Xander verblüfft stehen.

Die Eisbahn sah in dieser Nacht wirklich wunderschön aus.

Ein verzauberter Ort, dachte Buffy und lächelte.

Sie war ganz allein. Während sie auf dem Eis ihre Runden drehte, schien der Mond durch die hohen Fenster und tauchte die Bahn in ein sanftes silbriges Licht.

Tief sog Buffy die kalte Luft ein. Sie hielt an und genoss ihre Freiheit. Dann stürmte sie wieder los, schneller und schneller. Sie hatte befürchtet, das Eislaufen verlernt zu haben, aber nun stellte sie fest, dass sie sich umsonst Sorgen gemacht hatte. Fast alles, was man einmal gelernt hat, vergisst man nicht mehr. Sie bewegte sich leicht und graziös, und ihr Haar wehte sanft um ihr Gesicht.

Sie war so in ihr Glück versunken, dass sie nicht bemerkte, dass sie von der Tribüne aus beobachtet wurde. Eine grausame, narbenübersäte Fratze registrierte jede ihrer Bewegungen.

Mit einem bösartigen Grinsen blickte Octarus auf Buffy herab. Sie drehte eine Pirouette und schoss zum anderen Ende der Bahn davon.

Buffy fühlte sich in dieser Nacht wie verzaubert. Sie war eine andere, ihr Herz sang vor Freude – ein Gefühl, das sie schon lange Zeit nicht mehr empfunden hatte. Nun lief sie rückwärts im Kreis und wurde immer schneller, immer mutiger. Sie setzte zu einem Drehsprung an, spürte dann aber, wie sie am höchsten Punkt das Gleichgewicht verlor. Die Landung war hart und ließ sie noch einige Meter weiterschlittern, bis sie endlich zum Halten kam.

Buffy rang nach Luft. Sie sah einen Schatten vor sich auf dem Eis und drehte sich sofort um.

«Angel?»

Riesige Pranken griffen um ihren Hals. Octarus hob sie wie eine Lumpenpuppe hoch und schleppte sie zum Rand der Eisbahn, wo er sie brutal gegen die Wand drückte.

Buffy wusste nicht, wie ihr geschah. Er hatte sie völlig überraschend erwischt, und sie zog und zerrte und schlug auf seine Riesenpranken ein, konnte den eisernen Griff aber nicht lösen. Sie fühlte nur, wie sich seine Finger enger und enger um ihren Hals schlossen, und plötzlich wurde ihr klar, dass sie sterben würde.

Buffy kämpfte mehr denn je. Ihr Gesicht war vor Angst verzerrt. Alles wurde schwarz ...

«Buffy!», schrie eine Stimme.

Als Octarus herumfuhr, traf ihn Angels Faust mitten ins Gesicht. Er ließ Buffy los, und sie fiel keuchend zu Boden.

Angels Wut war entfesselt. Buffy sah, dass sich sein schönes Gesicht in eine Vampirfratze verwandelt hatte. Octarus donnerte eine Faust von der Größe eines Schinkens in dieses Gesicht. Angel schlitterte rücklings über das Eis. Als er aufsprang, merkte er, dass er in einer Nische gefangen war. Er brüllte vor Wut und erwartete Octarus' Todesstoß.

Aber Buffy war schon wieder auf den Beinen. Sie sprang über eine Holzbank und landete genau hinter ihrem Feind. Als er sich umdrehte, vollführte sie einen Drehsprung – die scharfen Kufen ihrer Schlittschuhe zuckten wie ein gleißender Blitz.

Der Blitz fuhr an Octarus' Kehle entlang.

Buffy hörte den entsetzlichen Laut, als sie aufgeschlitzt wurde.

Sogar Angel verzog das Gesicht, als er die klaffende

Wunde sah. Octarus fasste sich an den Hals und blickte ungläubig auf Buffy herunter. Dann torkelte er wieder auf sie zu. Aber Buffy wich aus. Er stolperte an ihr vorbei aufs Eis hinaus. Man konnte fast Mitleid mit ihm haben.

Buffy sah ihm grimmig schweigend hinterher. Sie spürte, dass Angel hinter sie getreten war. Er drückte sie an sich.

Dann brach Octarus zusammen.

Ohne einen Laut von sich zu geben, fiel er auf die Knie und krachte mit dem Gesicht aufs Eis.

«Sein Lebenslicht wird ausgeblasen», murmelte Drusilla wie im Traum. «In diesem Augenblick.»

Sie blickte auf die Zyklopenkarte nieder und sah dann zu Spike hoch.

«Mach dir keine Sorgen», versicherte ihr Spike in dem Bemühen, seine Befürchtungen zu verbergen. «Bald haben wir dieses Manuskript entschlüsselt. Wir brauchen nur noch ein wenig mehr Zeit.»

Natürlich konnte er ihr nichts vormachen. Niemand kannte ihn so gut wie Drusilla. Sie legte ihm ihre kühle Hand auf die Stirn.

«Die Zeit arbeitet für uns», flüsterte sie und streichelte seine Wange. «Sie führt die Jägerin näher zu *ihnen.*»

Sie schauten auf die übrigen beiden Tarotkarten.

Den Wurm und den Jaguar.

Sieben

Angel kniete sich neben den gefallenen Riesen. Seine Wut war noch nicht ganz verflogen. Über einem seiner glühenden Vampiraugen war ein böser Schnitt. Er hörte, wie Buffy auf ihn zuhumpelte.

«Und der Höllenmund präsentiert ‹Tod auf dem Eis›», scherzte sie. «Nicht gerade die nette Abendunterhaltung, die wir uns vorgestellt hatten.»

Angel hörte sie kaum. Er starrte gebannt auf den Ring an Octarus' Finger. Er hob die kräftige Hand hoch und studierte das eingestanzte Muster, das wie Hieroglyphen aussah.

«Du bist in großer Gefahr», sagte er schließlich. «Weißt du, was das für ein Ring ist?»

Buffy dachte einen Moment nach. «Hab ich gerade einen Superbowl Champ gekillt?»

«Ich meine es ernst. Du solltest heimgehen und warten, bis ich mich bei dir melde.»

Er ließ Octarus' Hand wieder aufs Eis fallen. Als er sich Buffy zuwandte, wurde ihm plötzlich bewusst, dass sie Schmerzen haben musste.

«Bist du okay?»

«Was ist mit dir?», erwiderte Buffy. «Dieser Schnitt ...»

«Vergiss es. Du bist verletzt.»

Er sah geradewegs hinter ihre Fassade – die trotzige Haltung, das flüchtige Lächeln. Sie war ziemlich angegriffen, versuchte aber immer noch, eine coole Miene zu bewahren.

«Ist nicht so schlimm», versicherte sie ihm. «Da bin ich schon von ganz anderen Klötzen angegriffen worden.»

«Nein, bist du nicht.»

Buffy gab auf. «Nein, stimmt – bin ich nicht.»

«Das ist wirklich gefährlich, Buffy», wiederholte Angel ernst. «Wir müssen dich an einen sicheren Ort bringen.»

Er sah es in ihren Augen, dass sie nun die Gefahr begriffen hatte. «Meinst du etwa – verstecken?»

«Erst mal müssen wir hier weg.»

Er wollte sich in Bewegung setzen, aber Buffy hielt ihn zurück und begutachtete die Wunde an seiner Augenbraue.

«Warte noch. Dein Auge ist ja ganz ... Lass mich mal!»

Sie hob ihre Hand, um das Blut abzuwischen. Angel wich zurück und senkte den Kopf.

«Nun, komm schon», schalt Buffy ihn zärtlich. «Sei doch kein Baby. Ich werd dir schon nicht wehtun.»

Sie versuchte ihn näher heranzulocken, aber Angel schüttelte nur den Kopf. «Das ist es nicht», murmelte er. «Du sollst mich nicht berühren, wenn ich so bin.»

Buffy verstand nun gar nichts mehr. «Wenn du *wie* bist?»

Er stand halb von ihr abgewandt. Sie musste sich anstrengen, ihn zu verstehen.

«Du weißt es doch. Wenn ich ein ...»

Sie blickte ihn lange an. Sie spürte, wie ihr das Herz wehtat – vor Liebe, Mitleid und Verständnis.

Betont langsam streifte sie ihre Handschuhe ab und legte ihre Hände auf sein Vampirgesicht. Beschämt blickte Angel zu Boden, konnte aber nicht zurückweichen. Es war fast, als banne Buffys Zärtlichkeit ihn an seinen Platz, obwohl ihm alle seine Instinkte zur Flucht rieten.

Buffy drehte sein Gesicht herum. Zärtlich fuhr sie mit den Fingern über seine hässlichen Gesichtszüge und schaute ihm tief in die Augen.

«Ich hab es nicht einmal gemerkt», flüsterte sie.

Nie hatte ihn jemand so berührt. Nie hatte jemand den Schatten, das Dunkle in ihm angerührt, das dort seit vielen Jahren verborgen war. Angel fühlte sich von Gefühlen überwältigt, die er schon lange vergessen wähnte und nie wieder zu spüren geglaubt hatte.

Buffy zog ihn näher zu sich heran. Sie blickten einander in die Augen, ihre Lippen trafen sich ...

Buffy schmolz unter seinem Kuss dahin. Und in diesem kurzen Augenblick waren sie normale Liebende, ganz normale Menschen, glücklich und geborgen in den Armen des anderen.

Glücklich und geborgen, während Kendra ihnen zuschaute.

Sie hatte sich versteckt, beobachtete die beiden und schmiedete Pläne.

Acht

Am nächsten Morgen brachte Buffy als Erstes den Ring zu Giles.

Er hatte ihn nun schon seit geraumer Zeit studiert und mit einer Radierung in einem Buch verglichen. Xander und Willow saßen bei ihm am Tisch, Buffy in einem Sessel mit einem Eisbeutel auf dem Knie. Sie versuchte, nicht an den Misserfolg der letzten Nacht zu denken. Ihr war immer noch benommen zumute, und sie sah ziemlich erschöpft aus. Wenn Angel nicht da gewesen wäre und mit Octarus gekämpft hätte, dann hätte sie wahrscheinlich nicht überlebt.

«Dieser Typ war echt ein harter Brocken, Giles», sagte sie wohl zum zehnten Mal. «Und Angel hat Panik gekriegt wegen des Rings.»

Giles nickte. «Ich fürchte, da hat er nicht überreagiert. Dieser Ring wird nur von den Mitgliedern des Ordens von Taraka getragen. Das ist eine Bruderschaft von dämonischen Mördern, die bis auf das Zeitalter König Salomons zurückgeht.»

«Ach, haben die nicht letztes Jahr bei der Bowlingmeisterschaft von Sunnydale die Elks geschlagen?», fragte Xander ganz ernsthaft.

Giles beachtete ihn gar nicht. «Ihr Credo ist es, Uneinigkeit zu säen und die Unbesonnenen zu töten.»

«Bowling ist ja auch ein höllisch verzwicktes Spiel!»

«Das reicht, Xander!», herrschte Giles ihn an.

Die drei Freunde warfen sich besorgte Blicke zu. In diesem Ton sprach Giles selten mit ihnen, und wenn er es tat, dann musste man sich ernsthaft Sorgen machen.

«Es tut mir Leid», lenkte Giles ein, «aber wir haben jetzt keine Zeit für Späße. Ich muss nachdenken.»

«Diese Dämonenkiller?», erkundigte sich Buffy. «Warum sollten die denn hinter mir her sein?»

«Vielleicht, weil du die Geißel der Unterwelt bist?», schaltete sich Willow ein.

Buffy zog eine Grimasse. «Ja, aber in letzter Zeit bin ich nicht mehr so geißelmäßig drauf gewesen.»

«Ich weiß es auch nicht genau», gab Giles zu. «Aber ich glaube, das Beste, was wir tun können, ist, einen sicheren Unterschlupf zu finden. Wo du dich verstecken kannst, bis wir beschlossen haben, was wir tun sollen.»

Das war unglaublich! Buffy kam stolpernd auf die Beine. Nun hatte sie wirklich Angst.

«Okay.» Sie hob abwehrend die Hände. «Sie beide, Sie und Angel, haben mir jetzt klargemacht, dass ich mich in die Berge verziehen soll. Was soll das nun im Klartext heißen?»

«Es sind nun mal außergewöhnliche Umstände», stammelte Giles.

«Sind Sie so sicher, dass ich damit nicht fertig werde?» Buffys Stimme klang sehr verängstigt. «Sind diese Typen denn so gefährlich?»

«Du könntest … sie sind …» Giles fasste sich an die Stirn, um sich wieder zu beruhigen. «Sie sind von anderer

Art, Buffy, nicht wie die Vampire. Sie haben keine irdischen Wünsche außer dem, ihre Beute zu finden. Sie finden ihr Ziel *und löschen es aus.*»

Buffy schien es, als schwebe sie außerhalb ihres Körpers. Sie konnte zwar Giles' Stimme hören, aber sie klang dünn und von weit her. Sie zwang sich zur Aufmerksamkeit.

«Und das Ziel bist du», fuhr Giles fort. «Du kannst so viele von ihnen töten, wie du willst, das macht keinen Unterschied, denn wo einer von ihnen ist, wird auch noch einer sein. Und noch einer, und noch einer. Es werden immer wieder neue erscheinen, bis die Arbeit getan ist.»

Er hielt inne und sah sie kummervoll an.

«Und das Schlimmste ist: Sie sind Meister der Verwandlung. Vampire streifen nur bei Nacht umher, aber diese Jäger können zu jeder Zeit überall sein. Und sie können die Gestalt ganz normaler Menschen annehmen. Ein Gesicht in der Menge.»

Buffy spürte, wie ihr ganz kalt wurde. Hinter Giles' logischen Ausführungen konnte sie auch seine Furcht spüren.

«Du würdest vielleicht gar nicht merken, ob einer von ihnen dir nahe kommt», beendete Giles seine Rede. «Bis zum Augenblick deines Todes.»

Im Nachbarhaus der Summers pfiff Mr. Pfister fröhlich vor sich hin. Er hatte einen Stuhl vor ein Fenster im ersten Stock geschoben und blickte nun durch ein Fernglas geradewegs in Buffys Schlafzimmer.

Auf dem Boden lag Mrs. Kalish – zumindest das, was von ihr übrig war.

Sie war nur noch ein vertrockneter Leichnam. Würmer krochen ihr aus Nase und Mund und über den Teppichboden zu dem Stuhl, wo Mr. Pfister Wache hielt.

Er saß ganz ruhig da, während die Würmer an seinem Bein emporkrochen und sich über seinen Oberkörper schlängelten, bis sie seinen rechten Arm erreichten, der bis zum Handrücken nur zum Teil ausgeformt war.

Sein Armstumpf schien sich zu bewegen. Er schien zu pulsieren, sich in Wellen zu bewegen, als die wimmelnde Masse schleimiger Würmer sich festigte – und zu seiner Hand wurde.

Vorsichtig griff Mr. Pfister nach seiner dampfenden Teetasse.

Er nahm einen Schluck.

Und wartete.

Buffy verließ die Bibliothek. Sie fühlte sich noch elender als zuvor.

In den Korridoren wimmelte es von Leuten. Während sie sich einen Weg durch die Menge bahnte, verdrängte sie den Schmerz in ihrem Knie und versuchte, kampfbereit zu sein.

«Sie können die Erscheinung ganz normaler Menschen annehmen … ein Gesicht in der Menge …»

Sie versuchte, nicht auf Giles' Worte zu lauschen, die ihr immer und immer wieder im Kopf herumgingen. Ihr ganzer Körper fühlte sich wie eine zu straff gespannte Feder an. Ihre Blicke wanderten ruhelos und wachsam in den Räumen herum, und jeder, der an ihr vorüberging, kam ihr wie eine mögliche Bedrohung vor.

Das sind doch Leute, die ich kenne, versuchte Buffy sich selbst zu beruhigen. *Die ich jeden Tag sehe. Jeder einzelne von ihnen ist harmlos.*

Aber war es wirklich so?

Das Chaos um sie herum wandelte sich zu einem dumpfen Tosen.

Wachsam strich sie an Spinden vorbei, an voll besetzten Tischen und Ständen, an Klassenkameraden und Freunden, an einer Polizistin, die mit einigen Schülern schwatzte, an zwei *Cordettes* ohne deren Anführerin Cordelia …

Plötzlich kam ein Typ aus der Menge direkt auf sie zu!

In Buffys paranoider Wahrnehmung schien er förmlich auf sie zuzufliegen – und zwar rasend schnell!

Hier stimmte was nicht!

Sofort streckte sie die Hand aus und packte den Typen am Kragen. Mit aller Kraft drückte sie ihn gegen die Wand.

«Versuch's nur!», schrie sie ihn an.

Oz versuchte es erst gar nicht. Dieses Mädchen war stärker als alle Jungs, mit denen er jemals aneinander geraten war.

So blickte er ihr nur fragend ins Gesicht.

«Was soll ich versuchen?»

Buffy starrte ihn an. Dann schluckte sie und ließ ihn los. «Sorry», murmelte sie.

«Ich weiß immer noch nicht genau, was ich eigentlich versuchen sollte», meinte Oz argwöhnisch.

Buffy blickte sich um. Die Leute guckten schon. Ihr wurde ganz heiß vor Verlegenheit.

«Nichts!», murrte sie.

Sie raste auf die Tür zu, stieß sie auf und verschwand.

Oz sah ihr gedankenvoll nach. «Eine nervöse Person», meinte er.

«Ich wünschte nur, wir könnten mehr tun», seufzte Willow.

Sie blickte auf den Tisch, auf die vielen, vielen Bücher, die Giles und sie seit dem Morgen gründlich durchforstet hatten. Doch nun war es schon Abend, und sie war mehr als entmutigt.

Giles blickte zu ihr auf, und seine Miene spiegelte ihre Müdigkeit und ihre Sorge wider.

«Wir tun, was wir können», versicherte er ihr. «Unsere einzige Chance liegt darin, den Inhalt des gestohlenen Buches zu entschlüsseln.»

«Ich habe Buffy noch nie so erlebt», unterbrach ihn Willow. «Sie ist einfach so ...»

«Sie ist nicht nach Hause gegangen», verkündete Xander. Er war mit betrübter Miene in die Bibliothek getreten. «Ich hab das Telefon mindestens ein paar hundert Mal klingeln lassen, bevor mir einfiel, dass ihre Mom ja gar nicht in der Stadt ist.»

«Vielleicht hat Buffy das Telefon ausgestöpselt», vermutete Giles, aber Xander schüttelte nur den Kopf.

«Es ist statistisch gesehen völlig unwahrscheinlich, dass eine Siebzehnjährige das Telefon ausstöpselt.»

Beide blickten stumm zu Willow, die zur Bestätigung nickte.

Unruhig begann Giles, im Raum auf und ab zu gehen. «Vielleicht war meine Warnung ja ein wenig zu alarmierend ...»

«Ach, glauben Sie?», fauchte Xander ihn an. Willow beeilte sich, etwas Versöhnliches zu sagen.

«Es ist gut, dass sie Ihre Worte ernst genommen hat, Giles. Ich wünschte nur, wir wüssten, wo sie ist.»

Buffy war stundenlang umhergelaufen. Müde und fröstelnd bog sie nun in ihre Straße ein und humpelte den Bürgersteig entlang, bis sie zu ihrem Haus kam. Alle Fenster waren dunkel. Das Haus lag totenstill da.

Sie wusste, dass sie sich hier nicht sicher fühlen würde.

Kein Ort wäre heute Nacht sicher.

Sie ließ den Kopf hängen und lief weiter. Ihre Schultern versteiften sich gegen den eisigen Wind, und ihr Herz stimmte seinen alten, wohl bekannten Klagegesang an – die Sehnsucht nach einem normalen Leben.

Sie merkte gar nicht, in welche Richtung sie ging, bis sie anhielt und sich vor der Tür von Angels Souterrainwohnung wiederfand.

Sie stand eine Weile da und starrte auf die Tür. Dann endlich klopfte sie an.

«Angel?»

Keine Antwort.

Sie drückte auf die Klinke, aber die Tür war verschlossen.

Buffy warf sich mit aller Kraft gegen die Tür, bis sie nachgab. Im Raum war es ruhig und dunkel, das einzige Licht kam vom Korridor hinter ihr.

«Hey …», rief sie leise.

Sie schaltete eine Lampe ein und sah sich um.

Nicht gerade eine Sonderausstattung, aber gemütlich. Ein Schreibtisch, ein Stuhl, ein Tisch, eine hohe spanische Wand, eine Kommode, schwere Vorhänge. In einer Glasvitrine standen exotische Statuen. Dann war da noch ein ungemachtes Bett.

Buffy ging zum Bett und setzte sich. Vorsichtig beugte und streckte sie das verletzte Knie, dann massierte sie es.

Die Erschöpfung forderte allmählich ihren Tribut. Die Erschöpfung – und die Angst.

Sie kämpfte gegen die Tränen und rollte sich auf Angels Bett zusammen. Klein und einsam lag sie auf seiner Bettdecke, atmete seinen Geruch von den Kissen ein.

Es dauerte lange, bis Buffy endlich die Augen schloss.

Und dann schlief sie ein.

Neun

Der *Alibi Room* war wohl mit Abstand der verrufenste Laden in ganz Sunnydale.

Dort war es immer schön schummerig, um sowohl die Einrichtung als auch die Gäste zu verstecken, und der Barkeeper war ein zwielichtig aussehender Unterweltbewohner namens Willy. Er gab damit an, ein kleiner Gauner zu sein, aber noch stolzer war er darauf, in der Unterwelt der Vampire zu verkehren.

Heute Abend war Willy schon beim Saubermachen und fegte noch einmal oberflächlich den Boden. Es war schon nach Mitternacht, und er erwartete keinen Gast mehr. So wurde er ziemlich grantig, als doch noch eine schattenhafte Gestalt in der Tür auftauchte.

«Geschlossen!», brummte Willy. «Kannst du nicht lesen?»

Die Gestalt schritt langsam in den Raum.

Als Willy aufblickte und Angel erkannte, war er plötzlich wie ausgewechselt. Vor Angel hatte er immer schon Angst gehabt – und er wollte jetzt keinen Ärger.

«Oh», lachte er nervös, «hey, Angel! Hab dich im Dustern gar nicht erkannt.»

Angel gab keine Antwort. Er stand nur da und starrte ihn an.

«Was – was kann ich heute für dich tun?», plapperte Willy und ging vorsorglich ein Stück zurück. Er machte sich hinter der Theke zu schaffen.

«Ich brauche eine Auskunft», sagte Angel.

«Ja?» Wieder lachte Willy nervös. «Mann. Das is' aber zu schade. Weil ich mich nämlich von der Szene fern halte. Ich bin ganz schön solide, Angel.»

Angels Stimme war wie Samt und Seide. «Das weiß ich doch, Willy. Und *ich* werde mir demnächst mal ein Sonnenbad gönnen.»

«Ach, komm!», krächzte Willy. Er schluckte hart und versuchte, die aufsteigende Angst zu unterdrücken. «Jetzt sei doch nicht so. Ich behandle euch Vampire doch gut. Ich lass euch in Ruhe – ihr lasst mich in Ruhe. Und wir alle haben was von dem Schutz, den der Laden hier bietet. Alle sind happy.»

Aber Angel kam unverwandt auf ihn zu. Er ging mit langsamen, wohlbemessenen Schritten, und Willy spürte, wie die Angst sich wie ein Mantel um ihn legte.

«Wer hat sie gerufen?», fragte Angel.

Willys Nerven drohten zu zerreißen. «Wer hat wen gerufen?»

Wie ein Blitz schloss sich Angels Hand um Willys Hals. Der Besen fiel klappernd zu Boden. Willy schnappte nach Luft.

«Den Orden von Taraka», erklärte Angel ruhig.

«Ich schwör's dir» – vor Panik traten Willys Augen hervor –, «ich hab damit nix zu tun.»

«Ich geb dir noch eine Chance. Es geht um den Orden von Taraka. Sie sind hinter der Jägerin her.»

«Ach, komm schon, Mann …», wimmerte Willy.

«Steckt Spike dahinter?»

Angel verstärkte seinen Griff. Er hob Willy hoch, sodass seine Füße ein paar Zoll über dem Boden schwebten. Verzweifelt suchte Willy nach einer Ausrede.

«Angel, hör mal … ich … ich habe gerade frisches Schweineblut reinbekommen. Ein Superzeug. Mein Hehler meint, die Anzahl der weißen Blutkörperchen ist …»

Die Worte blieben ihm gurgelnd in der Kehle stecken.

Plötzlich wurde ihm klar, dass Angel kurz davor war, das Leben aus ihm herauszupressen.

«Weißt du», sinnierte Angel, «ich bin ein bisschen eingerostet, was das Töten von Menschen angeht. Könnte echt eine Weile dauern.»

«Spike wird mich vierteilen, Mann!»

Nun lockerte Angel seinen Griff. Er setzte Willy wieder auf die Füße. «Ich kümmere mich schon um Spike.»

«Du *weißt* doch, dass er diese Typen bestellt hat!», stieß Willy endlich hervor. «Spike hat es satt, dass ihm deine Freundin dauernd in die Quere kommt.»

«Wo kann ich ihn finden?»

«Wenn ich dir das erzähle, muss ich meinen Laden woanders neu aufziehen», winselte Willy. «Und das kostet dich ...»

Angel donnerte mit der Faust auf die Theke und fegte Gläser, Teller, Essensreste und anderen Müll zu Boden. Seine Finger schlossen sich wieder fester um Willys Hals.

«*Wen* wird es was kosten?», fragte er drohend.

«Okay ... okay!», keuchte Willy. «Er und seine verrückte Braut sind ...»

Angel drückte noch fester zu. Er war so gespannt darauf, was Willy ihm zu sagen hatte, dass er den Besenstiel, der auf seinen Kopf zuflog, überhaupt nicht sah. Bevor er wusste, wie ihm geschah, hatte er ihn an der Schläfe erwischt. Angel ging zu Boden, und Willy klappte wie ein Häufchen Elend neben ihm zusammen.

Benommen blickte Angel auf. Über ihm stand eine große, exotisch aussehende Frau, die ein prächtiges Medaillon um den Hals trug. Ihre Haltung strahlte tödliche Kraft aus. Sie sprach mit starkem ausländischen Akzent, und in ihrer Stimme schwang große Verachtung mit.

«Wo ist sie?», verlangte Kendra zu wissen.

Angel starrte sie unverwandt an. Er schüttelte den Kopf und spuckte Blut auf den Fußboden.

«Dieses Mädchen», fragte Kendra. «Wo ist sie?»

Es gab keinen Zweifel, wen sie meinte. Er antwortete trotzig: «Selbst wenn ich es wüsste, würde ich es dir nicht sagen.»

Kendra brach den Besenstiel über ihrem Knie entzwei. «Dann stirb.»

Wie der Blitz rollte sich Angel beiseite. Er spürte einen Luftzug, als der behelfsmäßige Holzpflock niedersauste. Er sprang auf die Beine, aber wie ein Wirbelwind war Kendra wieder über ihm. Willy raste zur Tür und verschwand.

Nun gab es kein Pardon mehr: Angel und Kendra boten ihre gesamten Kräfte auf. Sie waren so in den Kampf vertieft, dass sie nicht bemerkten, wie sie allmählich ins Hinterzimmer gelangten. Dort war der Lagerraum der Kneipe – kaum mehr als ein deckenhoher Metallkäfig, in dem die teureren Alkoholika aufbewahrt wurden. Als Angel und Kendra mit voller Wucht in den Käfig krachten, flogen zerbrochene Flaschen in alle Richtungen.

Wuterfüllt blitzte Kendra ihren Widersacher an. Sein Gesicht war nun zur Vampirfratze geworden, und aus seinen Augen sprühte der Hass. Er griff nach einer zerbrochenen Flasche und stieß damit in ihre Richtung. Einen Augenblick zögerte sie.

«Wer bist du?», knurrte Angel.

Kendra wich rückwärts aus dem Lagerraum. Ihr Blick war wachsam, und sie atmete schwer, und doch führte sie ihr Manöver mit berechnender Kühle durch.

«Ich werde dich nicht verletzen», versprach Angel, «wenn du mir sagst, was ich wissen muss.»

Da lächelte Kendra plötzlich.

Angel traute seinen Augen nicht.

«Findest du das etwa witzig?», herrschte er sie an.

Ohne Vorwarnung flog die Tür des Metallkäfigs krachend zu.

Angel sah ungläubig zu, wie Kendra den Riegel vorschob.

«Ich finde, *jetzt* ist es witzig», äffte sie ihn nach.

Angel sprang gegen die Tür, rüttelte mit aller Kraft an ihr und versuchte, den Riegel zu lockern.

«Dieses Mädchen», wiederholte Kendra, «mit dem ich dich gesehen habe …»

«Du lässt sie in Ruhe!»

«Ich fürchte, du bist nicht in der Lage, mir zu drohen.»

Angel presste sein Gesicht gegen das Metall. «Wenn ich erst mal hier rauskomme, werde ich nicht nur drohen!»

«Dann würde ich vorschlagen, dass du dich beeilst», gab Kendra zurück und blickte zu einer Reihe hoch gelegener Fenster, die an einer Wand des Raumes entlangliefen. Beklommen folgte Angel ihrem Blick.

«Die gehen nach Osten», klärte ihn Kendra auf. «In wenigen Stunden geht die Sonne auf.» Sie verzog die Lippen zu einem flüchtigen Lächeln. «Damit habe ich mehr als genug Zeit, um deine Freundin zu finden.»

Hilflos sah Angel sie gehen.

Verzweifelt warf er sich gegen die Tür des Käfigs – wieder und wieder. Aber der Riegel hielt stand.

Und die Nacht strebte unaufhaltsam ihrem Ende zu.

Zehn

Giles wusste nicht genau, wie spät es war. Er wusste nur, dass es bald hell würde und dass er die Bibliothek seit gestern nicht verlassen hatte. Übernächtigt und in zerknittertem Jackett stand er nun am Telefon, während er in einem Buch blätterte.

«Xander? Nein, ich habe immer noch nichts von Buffy gehört. Ich finde, du solltest zu ihr fahren und mal nachsehen ...»

Er brach ab, als er plötzlich auf einer Seite etwas entdeckte.

Etwas sehr Wichtiges.

«Sofort», befahl er, als Xander Einwände machte. «Ich weiß auch nicht ... lass dich von Cordelia fahren.»

Er legte auf. Schnell lief er zu dem Tisch, wo Willow hinter dem Computer eingeschlafen war.

Giles rüttelte sie sanft an der Schulter. Willow fuhr erschrocken hoch und schrie.

«Keine Warnung an die Kaulquappen!»

Verblüfft über diesen Ausbruch, starrte Giles auf sie herab.

«Meine Güte. Bist du sicher, dass es dir gut geht?»

«Giles? Was machen Sie denn hier?»

«Du befindest dich in der Bibliothek, Willow. Du bist eingeschlafen.»

«Oh ... ich ...»

«Warnung an die Kaulquappen?» Giles zog eine Augenbraue hoch, und Willow machte ein schafsdämliches Gesicht.

«Ich ... ich hab Angst vor Fröschen.» Als sie Giles' belustigte Miene sah, fügte sie hinzu: «Tut mir Leid ... ich konnte einfach nicht mehr.»

«Aber bitte», beruhigte Giles sie. «Du hast doch schon mehr als deine Pflicht getan. Und zum Glück habe ich wohl endlich etwas gefunden.»

«Ja wirklich?»

Er nickte und hielt das Buch hoch. «Ich musste bis zum Lutherischen Index zurückgehen. Aber ich habe eine Beschreibung des fehlenden Du-Lac-Manuskripts gefunden. Es geht um ein Ritual, Willow. Ich habe die genauen Einzelheiten noch nicht entschlüsseln können, aber soweit ich verstanden habe, besteht der Zweck des Rituals darin, einen kränklichen und schwachen Vampir wieder stark zu machen.»

Willow riss die Augen weit auf. «Einen Vampir wie Drusilla?»

«Ganz genau.»

«Und was hat das mit dem Orden von Taraka, mit diesen Mördern, zu tun?»

«Ich könnte mir vorstellen, dass Spike sie rief, um Buffy außer Gefecht zu setzen», erklärte Giles. «Er wollte den Störenfried ausschalten, der immer wieder seine Pläne durchkreuzt.»

Willows Miene hellte sich auf. «Also das ist eine gute Nachricht! Jetzt wissen wir, worum es geht.»

«Ich wünschte, ich könnte dir beipflichten», seufzte Giles. «Aber wir kennen nur das Ziel des Rituals. Was wir nicht wissen, ist, wo es stattfinden soll oder wann … wir wissen nicht, was zu seiner Durchführung benötigt wird.»

«Also, das klingt eher schlecht», sagte Willow.

«Nein. Nein. Wir müssen nur noch mehr wissen.»

Er lächelte sie ermutigend an, aber Willow warf ihm nur einen seltsamen Blick zurück.

«Und warum sind Sie dann so bedrückt?»

«Potzblitz, ich glaube, er hat es!»

Mit einem triumphierenden Lächeln sah Spike zu, wie Dalton das Du-Lac-Manuskript zuklappte. Die Transkription war beendet. Er nahm das Blatt und rauschte hinüber zu Drusilla.

«Der Schlüssel zu deiner Heilung, mein Küken!», verkündete Spike.

Er sah sie bewundernd an – dieses bleiche, schwindsüchtige Gespenst namens Drusilla. Sie lag auf einer Samtliege und hatte ihre Tarotkarten im Schoß ausgebreitet. Spike drückte sie an sich.

«Das verdammte fehlende Bindeglied!», fuhr er fort. «Es war …»

«… genau vor unseren Augen», vollendete Drusilla seinen Satz.

Müde nahm sie seine Hand. Legte sie auf eine der Karten.

Das Bild zeigte einen Engel. Doch es war ein fallender Engel, der durch den Himmel in ein vorherbestimmtes Schicksal hinabstürzte.

Drusilla sah ihn mit ihren dunklen Augen an. «Die ganze Zeit schon.»

Elf

Es war noch sehr früh, aber Xander und Cordelia hatten schon vor Buffys Haus geparkt und waren auf dem Weg zur Vorderveranda.

«Ich kann es einfach nicht fassen.» Cordelias schrille Stimme durchschnitt den Morgenfrieden. «Du zerrst mich in aller Herrgottsfrühe aus den Federn, bloß weil du spazieren fahren willst? Was bin ich, eine Straßenbahn?»

Xander klopfte vernehmlich an die Haustür. «Das sagen viele von den Jungs in der Schule. Was die in der Umkleidekabine halt so reden. Ich habe aber nie sonderlich drauf geachtet.»

«Großartig. Also bin ich jetzt dein Taxi *und* dein Sandsack.»

«Ich würde dich lieber als meine hirnlose Helferin im Hintergrund sehen – aber sei, was immer du willst!» Die Haustür war verschlossen, deshalb versuchte Xander es nun an den Fenstern. «Jetzt komm schon, Cordy. Du kannst nicht zu den Super-Eingebildeten gehören, wenn du nicht ab und zu gewillt bist, Unannehmlichkeiten durchzustehen.»

Schließlich fand er, was er gesucht hatte. Er schob ein Fenster hoch und kletterte hinein.

«Aber sicher.» Cordelia verdrehte die Augen. «Natürlich liege ich jede Nacht wach und hoffe sehnlichst, ihr Idioten wollt meine besten Freunde sein. Und dass mein erster Ehemann ein glatzköpfiger, hirnamputierter, heimatloser Irrer …»

Sie brach ab, als Xander die Tür öffnete.

«Buffy könnte in Schwierigkeiten stecken», sagte er ernst.

«Und was genau willst du ausrichten, wenn es so ist?», fragte Cordelia sarkastisch. Sie standen nun im Wohnzimmer, dessen Einrichtung Cordelia mit Kennerblick betrachtete. «Falls du's noch nicht bemerkt hast – du bist ein Lahmei. Sie ist Supergirl oder so was.»

«Wenigstens bin ich ein Lahmei, das sich Sorgen macht. Was man von dir nicht gerade behaupten kann.» Xander war nicht mehr zum Scherzen zumute. Er wandte sich von Cordelia ab und lief zur Treppe. «Ich werde mal oben nachsehen.»

Cordelia blieb schmollend zurück. Sie wollte gerade einen weiteren prüfenden Rundumblick schweifen lassen, als sie durch ein Klopfen an der Tür erschreckt wurde.

Als sie durch den Spion spähte, sah sie einen verbindlichen Vertreter mit schütterem Haar, der höflich an seinen Hut tippte und eine Aktentasche hochhielt.

Blush Beautiful Hautpflege stand darauf.

Das überzeugte Cordelia: Unverzüglich riss sie die Tür auf.

«Guten Tag», begrüßte der Mann sie höflich. «Mein Name ist Norman Pfister von Blush Beautiful Hautpflege und Kosmetik. Ich möchte Ihnen gern einige Gratispröbchen anbieten.»

«Gratis?»

Cordelia zögerte ein wenig. Sie war nicht in ihrem eigenen Haus, aber so einem verlockenden Angebot konnte sie einfach nicht widerstehen.

Sie trat beiseite, damit Mr. Pfister eintreten konnte.

Dann schloss sie die Tür hinter ihm.

Im Lagerraum der Kneipe begann die Sonne die Fenster zu erwärmen.

Angel, der nun wieder sein menschliches Gesicht hatte, spürte das gefährliche Prickeln auf seiner Haut, spürte, wie ihn allmählich Panik überkam.

Verzweifelt versuchte er immer wieder, die Metalltür aus ihren Angeln zu heben.

Die Zeit lief ihm davon.

Angels Wohnung war wie ein kühles, dunkles Grab. Ein sicherer Hafen vor der lauten Welt.

Buffy lag ganz still in Angels Bett, das Laken um sich gewickelt, den Arm fest um sein Kopfkissen geschlungen. Sie lächelte leise. Im Augenblick war sie in Sicherheit … Sicher und warm in Angels Traumumarmung.

Aber da war dieses Geräusch. Dieses seltsame, störende Geräusch, so als ob etwas im Zimmer umherkröche. Ein leiser, verstohlener Laut – und doch war er laut genug, um Buffy schließlich aus ihrem schönen Traum zu schrecken.

Verwirrt schlug sie die Augen auf.

In dem Moment fuhr eine Axt in das Kissen, nur wenige Zoll von Buffys Kopf entfernt. Sie rollte sich blitzschnell zur Seite und sprang aus dem Bett. Plötzlich kam ihr der Gedanke, dass dies der zweite Mörder von Taraka sein müsse, und sie blickte der exotisch aussehenden Frau trotzig in die Augen.

«Du musst wohl Nummer zwei sein», hielt sie ihrer Widersacherin vor, aber statt einer Antwort schwang Kendra schon wieder die Axt.

Buffy wich der messerscharfen Klinge aus. Aber Kendra ließ sich nicht beirren.

«Danke fürs Aufwecken», meinte Buffy. «Aber irgendwie ist mir mein Radiowecker lieber.»

Zum dritten Mal sauste die Axt herab – doch dieses Mal fing Buffy Kendras Arm mitten in der Bewegung ab. Leider war es ihr nicht möglich, der jungen Frau die Axt zu entwinden – Kendra war genauso stark wie sie selbst. Im nächsten Augenblick entwickelte sich ein Kampf unter gleich Starken. Für Sekundenbruchteile sahen sie einander in die Augen – es war wie ein unheimliches Wiedererkennen.

Buffy nutzte diesen Vorteil aus. Sie trat zu, und die Axt segelte quer durchs Zimmer. Dann schlug sie Kendra die Beine weg und sah ruhig zu, wie ihre Gegnerin zu Boden ging.

Aber Buffy hatte nicht erwartet, dass Kendra so schnell wieder aufstehen würde. Erstaunt registrierte sie, dass nun ihre Beine festgehalten wurden, und im nächsten Augenblick landete sie auf dem Boden.

Nun rangen die beiden wütend miteinander und rollten wie junge Hunde über den Boden. Kendra teilte saubere und wohl gezielte Schläge aus, aber Buffy gelang es, sie abzuwehren. Eine Minute war sie oben, im nächsten Augenblick hatte Kendra die Oberhand gewonnen. Angels Wohnung war ein Schlachtfeld. Die beiden Mädchen fielen mit voller Wucht gegen seinen Tisch, sein Bücherregal, seine Kommode …

Buffy hatte jetzt allmählich die Nase voll.

«Pass bloß auf!», warnte sie Kendra. «Zwing mich nicht, zu diesen fiesen Weibertricks zu greifen!»

Einen Augenblick schien Kendra verwirrt. Keuchend stieß sie hervor: «Weibertricks?»

«Du weißt schon …»

Als Antwort grub Buffy ihre Fingernägel in Kendras Hand. Als Kendra aufschrie, riss Buffy sie brutal an den Haaren und warf sie zu Boden. *Weiberkampf,* dachte sie. *Bin ich schon so tief gesunken?*

«Ein Klischee», vollendete sie laut. «Aber wirkungsvoll.»

Nun aber standen beide wieder fest auf den Beinen. Sie umkreisten sich wie zwei Tiere.

Buffy wappnete sich – bereit zur Entscheidung. Sie funkelte Kendra zornig an und machte sich zum Sprung bereit.

«Wer bist du?», fragte Kendra unerwartet.

Buffy blieb verblüfft stehen. Ungläubig starrte sie diese seltsame junge Frau an.

«Was meinst du damit, wer ich bin? Du hast doch *mich* angegriffen. Wer zum Teufel bist denn *du*?»

Kendra blitzte wütend zurück. Sie war stolz und trotzig bis zum Letzten.

«Ich bin Kendra», gab sie Buffy zu verstehen. «Die Vampirjägerin.»

Zwölf

Buffy und Kendra fuhren fort, einander mit erhobenen Fäusten zu umkreisen. Eine Weile waren nur ihre keuchenden Atemzüge zu vernehmen.

«Lass noch mal hören», brach Buffy schließlich das Schweigen. «Du bist *was*?»

«Ich bin die Jägerin.»

Buffy blieb die Spucke weg. Die junge Frau, die ihr gegenüberstand, strahlte Gelassenheit und Kraft aus. Es lag etwas Königliches in ihrer Haltung. Und es war ziemlich klar, dass sie sich von niemandem etwas gefallen lassen würde.

Und doch war die ganze Geschichte einfach lächerlich.

«Nette Titelgeschichte», konterte Buffy. «Ich gebe dir einen Tipp: Erzähl das jemandem, der nicht die *echte* Jägerin ist.»

«Du kannst mich nicht aufhalten», gab Kendra ihr zu verstehen. «Auch wenn du mich tötest, wird es wieder eine neue Jägerin geben, die meinen Platz einnimmt.»

Buffy war mit ihrer Geduld am Ende. «Könntest du mit diesem Jägerlatein aufhören? *Ich* bin die gottverdammte Jägerin!»

«Unsinn. Es kann nur eine geben – und die bin ich.»

Wieder verfiel Buffy in Schweigen, die Wendung der Ereignisse überraschte sie. Und Kendra war so ungemein ernsthaft, dass sie nicht umhin konnte, sich zu fragen, ob …

«Okay», gab Buffy fast widerwillig nach. «Folgendes: Ich höre auf. Du hörst auf. Du versprichst mir, nicht völlig auszuflippen, bis wir zu meinem Wächter gegangen sind und rausgekriegt haben, was das alles zu bedeuten hat!»

Kendra runzelte die Stirn. «Auszuflippen?»

«Du weißt schon – kein Treten, kein Hauen, kein Stechen, ja?»

Kendra dachte nach. Dann trat sie einen Schritt zurück und verschränkte die Arme vor der Brust. «Ich nehme die Bedingungen an.»

Sie trauten einander immer noch nicht. Mit Argwohn und Verachtung im Blick ließen sie die Fäuste sinken, beobachteten einander aber immer noch aus den Augenwinkeln.

Schließlich brach Kendra das Schweigen. «Dein Englisch klingt sehr seltsam, weißt du das?»

«Ja, das liegt daran, dass du mich mit einer Axt geweckt hast.» Pause. Dann: «Und du bist also geschickt worden?»

«Ja, von meinem Wächter.»

«Und was genau sollst du hier tun?»

«Meine Pflicht», erwiderte Kendra. «Ich bin hier, um Vampire zu töten.»

Angel blickte zu den hohen Fenstern empor. Sonnenlicht fiel durch die vergitterten Scheiben und flutete in den Raum.

Er konnte kaum noch atmen.

Buffy …

Er zwängte sich in eine Ecke, versuchte sich so klein wie möglich zu machen, versuchte, wenigstens einen Zollbreit mehr zwischen sich und das drohende Tageslicht zu legen.

Er dachte an Buffy, fragte sich, ob sie in Sicherheit war, verfluchte sich selbst, weil er so hilflos war.

Die Sonne wanderte über den Boden und ließ ihm nur

noch einen kleinen dunklen Fleck. Jede Minute rückte der helle Schein näher heran.

Angel schwitzte vor Angst. Sein Körper war von Schmerzen gepeinigt.

Er schloss die Augen und versuchte, sich die Dunkelheit vorzustellen.

Dreizehn

Giles schritt nervös vor Buffy und Kendra auf und ab und versuchte, die Situation zu begreifen.

«Dein Wächter ist also Sam Zabuto?», fragte er die neue Jägerin.

Buffy beobachtete die beiden neugierig. Kendra schien in Giles' Gegenwart seltsam bedrückt, fast schon unterwürfig zu sein. Sogar ihre Stimme hatte einen Anflug von Ehrfurcht, als sie nun auf Giles' Frage antwortete.

«Ja, Sir.»

«Wir haben uns nie kennen gelernt», fuhr Giles fort, «Aber er ist ein angesehener Mann.»

«Was?», fiel Buffy ihm ins Wort. «Also gibt's ihn wirklich? Er ist keine Fiktion?»

Giles ging nicht darauf ein. «Wie nennen sie dich?», wollte er von Kendra wissen.

«Ich bin die Vampirjägerin», erwiderte sie.

«Das hatten wir doch schon», warf Buffy gereizt ein. «Er meint, wie du heißt.»

«Oh.» Kendra nickte. «Sie nennen mich nur Kendra. Ich habe keinen Nachnamen, Sir.»

Buffy verdrehte die Augen. «Kannst du das nicht mal lassen – wir haben die Achtziger hinter uns.»

«Buffy, bitte!» Giles blickte nachdenklich drein. «Offenbar hat es hier ein Missverständnis gegeben.»

Alle drehten sich um, als Willow unerwartet hereinplatzte. Sie blieb in der Tür stehen und lächelte.

«Hey …»

Bevor Willow mehr sagen konnte, segelte Kendra angriffsbereit auf sie zu.

«Sag, wer du bist!», befahl sie.

«Jetzt halt dich mal zurück, Pink Ranger.» Buffy warf ihr einen vernichtenden Blick zu. «Das ist meine Freundin.»

«Freundin?», wiederholte Kendra ungläubig.

«Du weißt schon. Mensch, mit dem du rumhängst. *Amigo*.»

Kendra sah sie nur verärgert an. «Ich … ich verstehe das nicht.»

Wieder verdrehte Buffy die Augen, dann sah sie Giles an. «Versuchen Sie es mal. Ich bin am Ende.»

«Kendra», begann Giles geduldig. «Es gibt ein paar Menschen, Zivilisten, wenn du so willst, die Buffys Identität kennen. Auch Willow. Und sie treffen sich in ihrer Freizeit – als Freunde.»

Kendra schluckte das erst mal. Sie verstand, was er ihr erklärte, war aber äußerst verwirrt durch die Begriffe.

«Und das erlauben Sie, Sir?» fragte sie ungläubig.

«Nun», stotterte Giles, «weißt du …»

«Aber die Jägerin muss im Verborgenen arbeiten», unterbrach ihn Kendra. «Aus Sicherheitsgründen!»

«Natürlich. Mit Buffy ist es allerdings …» Man sah Giles an, dass er den Faden verloren hatte. «Man muss ein wenig flexibel sein.»

«Warum?»

«Hi, Leute!», warf Willow ein und setzte der Diskussion damit ein Ende. «Was geht ab?»

«Es hat eine Verwechslung gegeben», klärte Buffy sie auf.

«Es scheint, dass aus irgendwelchen Gründen eine andere Jägerin nach Sunnydale geschickt worden ist», fügte Giles hinzu.

Willow blickte vom einen zum anderen. «Ist das denn überhaupt möglich? Ich meine, zwei Jäger zur gleichen Zeit?»

«Nicht, dass ich wüsste.» Giles nahm seine Brille ab und blickte nachdenklich zu Boden. «Die neue Jägerin wird erst berufen, wenn die letzte gestorben ist ...»

Er blickte wieder auf und schob die Brille auf die Nase zurück.

«Meine Güte», murmelte er. «Du *warst* ja tot, Buffy.»

«Ich war bloß eine Minute weg», verteidigte sich Buffy.

«Nun steht fest, dass es keine Rolle spielt, wie lange du tot warst», schloss Giles. «Du warst physisch tot, und damit wurde die nächste Jägerin aktiviert.»

«Sie ... ist gestorben?» Jetzt war Kendra wirklich baff.

«Nur ein bisschen», beharrte Buffy.

«Ja, sie ist ertrunken», erklärte Giles. «Aber sie wurde reanimiert.»

«Also gibt es jetzt wirklich zwei Jägerinnen?» Willow starrte Giles ungläubig an, bis dieser endlich ein Nicken zustande brachte.

«Es scheint tatsächlich so. Ja.» Er sank auf einen Stuhl und legte sich die Hand auf die Stirn. «Das ist noch nie dagewesen», murmelte er. «Ich bin wirklich platt.»

«Was heißt hier platt?», schaltete sich Buffy ein. «Es war ein Versehen. Sie sollte eigentlich nicht hier sein. Deshalb geht sie wieder nach Hause.» Sie wandte sich an Kendra. «Ich will dich nicht beleidigen. Aber ich bin nicht tot, und es ist ein bisschen unheimlich, wenn du auch hier rumhängst.»

Aber Kendra ließ sich nicht beirren. «Ich kann nicht einfach verschwinden. Ich wurde immerhin aus einem bestimmten Grund hierher geschickt. Mr. Zabuto sagte, alle Zeichen weisen darauf hin, dass eine sehr dunkle Macht Sunnydale bedrohen wird.»

«Und er hat Recht», gab Giles nun zu. «Ich muss mich mit ihm in Verbindung setzen.»

«Und wie wolltest du gegen diese dunkle Macht vorgehen?», fragte Buffy Kendra. «Einfach jeden platt machen, bis dir endlich der richtige Bösewicht über den Weg läuft?»

Indigniert antwortete Kendra: «Natürlich nicht.»

«Warum zum Teufel hast du mich dann angegriffen?»

Kendra antwortete nicht sofort. Sie war ganz verlegen. «Ich glaubte, du seist ein Vampir.»

Die anderen warfen sich stumme Blicke zu.

«Ohhh», witzelte Buffy, «du hast also mal eben ausgeholt, aber der Treffer auf den Grünschnabel ging daneben.»

«Ich hatte allen Grund anzunehmen, dass du einer wärst», rechtfertigte sich Kendra. «Sah ich dich nicht einen Vampir küssen?»

Da sprang Willow für Buffy in die Bresche. «Das würde Buffy niemals tun! Oh ...» Aufgeregt wandte sie sich Buffy zu. «Außer – manchmal.» Wieder brach sie ab und blickte Kendra an. «Aber nur Angel!» Sie dachte nach und sagte dann, an Buffy gewandt: «Stimmt's?»

«Ja, stimmt.» Buffy versuchte es Kendra zu erklären. «Du hast mich mit Angel gesehen. Er ist zwar ein Vampir, aber er gehört zu den Guten.»

«Angel?», wiederholte Kendra. «Meinst du etwa Angelus? Ich habe etwas über ihn gelesen. Er ist ein Ungeheuer.»

«Nein», warf Giles leise ein, «nein, er hat sich verändert.»

«Echt.» Willow nickte nachdrücklich.

«Ein Zigeuner hat einen Bannspruch über ihn ausgesprochen», fügte Buffy hinzu.

«Ach.» Kendra fixierte Buffy. «Was hatte er?»

«Glaub mir doch. Angel spielt jetzt in unserem Team. Er könnte keiner Fliege was zuleide tun.»

«Das kann ich nicht glauben», konterte Kendra. «Er sah für mich wie eines dieser Tiere aus, als ich ...»

Sie brach ab. Als Buffy ihre besorgte Miene sah, kam ihr ein Verdacht.

Nein, nein, nein, nein ...

«Als du was?», fragte sie. «Was hast du ihm angetan?»

Kendra antwortete nicht sofort. «Ich ...»

«Was hast du *getan?*»

Der einzige dunkle Fleck, an dem Angel noch sicher war, war zu einem kleinen Kreis geschrumpft.

Während er dort lag und leise vor sich hin stöhnte, versuchte er seine Jacke, so gut es ging, über den Kopf zu ziehen. Doch trotz dieser Maßnahme schmorte er nun im wahrsten Sinne des Wortes, und der Schmerz war fast größer, als er ertragen konnte.

Ein Geruch von verbranntem Fleisch hing im Raum.

Als das Sonnenlicht den Lagerraum überflutete, bereitete sich Angel auf sein Ende vor.

Er spürte nichts mehr und sah daher nicht, wie die Tür aufgestoßen wurde. Er war zu schwach, um aufzublicken, als ein Händepaar seine Beine packte und zu ziehen begann.

Willy schleifte Angel durch den Staub des Lagerraums. Er passte auf, dass der schlaffe Körper nicht dem Licht ausgesetzt wurde, hievte ihn in den angrenzenden Raum und klappte eine verborgene Falltür auf.

Er beugte sich herab und schob Angels fast leblosen Körper in den Abwasserkanal. Angel plumpste ins Wasser. Als Willy sich ebenfalls herunterließ, tauchten Spike und seine Getreuen aus der Dunkelheit auf.

«Da ist er, mein Freund», verkündete Willy stolz. «Ein bisschen angeschmort an den Kanten, aber in ein oder zwei Tagen ist er so gut wie neu.»

Angel, der fast bewusstlos war, konnte sich nicht bewegen. Spike streckte schon die Hand nach ihm aus, aber Willy hielt sie fest.

«Hey, hör mal. Wir hatten eine Abmachung.»

Spike sah Willy nur stumm an. Dann zog er ein Bündel Geldscheine aus der Tasche und zählte ein paar Scheine ab, die er Willy einzeln gab.

«Was ist denn los, Willy?», fragte er unschuldig. «Traust du mir nicht?»

Rasch zählte Willy das Geld nach. Dann bedeutete er Spike, dass er mehr wolle. Spike hielt den letzten Schein hoch. Willy musste sich danach strecken. In dem Moment schlug ihm Spike hart ins Gesicht.

«Wenn du redest», drohte er, «mach ich mir Strumpfbänder aus deinen Gedärmen.»

Willy hatte die Botschaft verstanden. «Wilde Pferde brächten das nicht aus mir heraus.»

Spike zählte einen weiteren Geldschein ab. Er knüllte ihn zusammen und ließ ihn in das dreckige Wasser fallen.

«Hoppla!», grinste er. «Tut mir Leid – Freund.»

Es machte Willy nichts aus, das Geld aus dem Wasser fischen zu müssen. Tatsächlich gab es sehr wenige Dinge, die Willy etwas ausmachten. Aber nach all der Mühe, die er sich gemacht hatte, konnte er nicht anders, als ein wenig neugierig zu sein, wie diese Geschichte ausgehen würde.

Er blickte auf und sah zu, wie Spikes Getreue Angel hochhoben.

«Was habt ihr denn überhaupt mit ihm vor?», wollte er wissen.

Spike tat, als müsse er scharf nachdenken. «Ich dachte an … ein Abendessen vielleicht und dann ins Kino. Ich hab es nicht so eilig. Man hat mir sehr wehgetan, weißt du.»

Er steckte die Hände in die Taschen seines schwarzen Mantels. Dann stolzierte er von dannen und verschwand hinter einer Tunnelbiegung.

Seine Getreuen folgten ihm mit Angel. Willy sah ihnen nach.

Vierzehn

«Haben Sie den auch in Dunkelrot?» Cordelia hielt Mr. Pfister einen Lippenstift hin. «Ich weiß, das finden Sie sicher merkwürdig, aber ich bin sowohl ein Sommer- als auch ein Wintertyp …»

Sie verstummte, als sie den seltsamen kleinen Vertreter näher in Augenschein nahm. Er stand hinter seiner Tasche voller Cremes und Schminkprodukte und stierte sie stumm an. Er rührte sich nicht, gab ihr keine Antwort. Zuckte nicht mal mit der Wimper. Irgendetwas an ihm war unheimlich.

Cordelia trat einen Schritt zurück.

«Neun neunundneunzig», sagte er endlich. «Inklusive Mehrwertsteuer.»

«Das … das haben Sie schon gesagt», erinnerte ihn Cordelia. «Haben Sie denn überhaupt irgendwelche Beerenfarben?»

Der Vertreter schwieg. Er nahm ihr lediglich den Lippenstift weg und ließ ihn in seine Tasche fallen.

«Sind noch mehr Damen im Hause?», erkundigte er sich.

«Sie sind im Moment nicht da», sagte Cordelia. Sein starrer Blick machte sie nervös. Alles an ihm machte sie nervös. «Ich will ja nicht unhöflich sein», gab sie ihm zu verstehen, «aber vielleicht sollten Sie's mal mit Wörterbüchern versuchen.»

Plötzlich kroch ein Wurm unter seinem Mantel hervor. Er fiel auf den Boden und schlängelte sich über den Teppich, während Cordelia erschrocken nach Luft schnappte und zurückwich.

Sie sah wieder Mr. Pfister an, der sie unverwandt betrachtete. Ohne Gefühl, ausdruckslos. *Fast, als wäre er kein Mensch,* dachte Cordelia mit einem Schaudern.

In diesem Augenblick kam Xander wieder herunter. Er hatte Mr. Pfister noch nicht gesehen.

«Hey», grüßte er liebenswürdig. «Was geht ab?»

Cordelia hängte sich bei ihm ein. «Das ist ein … Vertreter», plapperte sie. «Er wollte gerade gehen.» Mit einem Gefühl drohenden Unheils versteckte sie sich hinter Xander und warf Mr. Pfister einen hoffnungsvollen Blick zu. «Stimmt's?»

Der Vertreter blieb reglos auf der Schwelle stehen.

«Okay», Cordelia wurde deutlicher. «Bye-bye. Danke schön.»

Keine Reaktion. Xander machte einen Schritt vor, um den Mann hinauszudrängen.

«Nun gehen Sie mal, Frau Avon. Zeit zu …»

Aber als Xander näher trat, begann sich Mr. Pfisters Gesicht zu kräuseln. Die Haut wand und schlängelte sich grauenhaft, als bewegten sich unter ihr unheimliche kleine Krabbeldinger.

Xander war zu Tode erschrocken. Er konnte einfach nicht glauben, was er da sah.

«Zeit zu …» Er drehte sich zu Cordelia um. Seine Stimme blieb ganz ruhig. «… rennen!»

Mr. Pfister blockierte den Hauseingang. Als die beiden in die andere Richtung flohen, veränderte sich plötzlich die Gestalt des Vertreters: Seine menschliche Figur brach auseinander und zerfiel in Tausende schleimiger Würmer, die sofort wie ein glibberiger Fluss hinter Xander und Cordelia herströmten.

Die beiden rasten an der Treppe vorbei zur Hintertür, aber nun hatte Mr. Pfister wieder Menschengestalt angenommen und versperrte ihnen auch diesen Weg. Sie konnten nur noch in den Keller flüchten und die Tür hinter sich verriegeln. Doch sogleich schlängelten sich Würmer durch den Spalt unter der Tür.

Cordelia kreischte panisch auf. Xander schnappte sich einen alten Besen und versuchte, die Viecher von ihnen fern zu halten.

«Such irgendwas, womit wir den Spalt zustopfen können!», schrie er.

Wie wild begann Cordelia zu suchen. Sie fühlte, wie Würmer über sie hinwegkrochen. Wieder schrie sie auf und wischte die ekelhaften Schleimer ab. Endlich sah sie eine Rolle Isolierband auf einem Regalbrett. Sie schnappte sich die Rolle und hielt sie Xander hin. «Ich … ich kann das nicht.» Sie schauderte.

Xander schob ihr den Besen zu. «Gib mir Deckung.»

Mit angeekelter Miene klebte er rasch einen langen Streifen Band rund um die Tür, während Cordelia versuchte, die Würmer zu erledigen. Als die Tür endlich gesichert war, töteten die beiden den Rest der Würmer, die durch den Spalt gedrungen waren. Dann warteten sie ab, ob der Schutz halten würde.

Erleichtert sahen sie, dass nichts mehr hindurchkam. Fürs Erste schienen die Würmer besiegt zu sein.

Als sich Xander im Keller umsah, wurde ihm klar, dass die Kellertür der einzige Weg nach draußen war, denn es gab keine Fenster … keinen anderen Fluchtweg.

Mit finsterer Miene sank er auf einen Stuhl.

«Weißt du was», sagte er angewidert, «gerade wenn du glaubst, dass du alles kennst, da kommt so ein Würmertyp daher.»

Atemlos stürzte Buffy in den Lagerraum. Gehetzt schaute sie auf die Wände, in alle Winkel, auf die Alkoholpfützen, die Glasscherben …

Bestürzt wurde ihr klar, dass Angel nicht da war.

«Angel …», flüsterte sie.

Hinter ihr kam Kendra herein. Sie glitt langsam durch den Raum und betrachtete prüfend den Boden.

«Keine Asche!», verkündete sie.

Buffy blickte zu ihr auf. «Was?»

«Wenn ein Vampir verbrennt, hinterlässt er Asche.»

«Ja, ich kenne das», entgegnete Buffy trocken.

«Also habe ich ihn nicht getötet.»

Buffy baute sich vor Kendra auf. Ihre Stimme klang kühl. «Und ich muss *dich* nicht umbringen.»

Wieder starrten sich die beiden wütend an. Sie merkten nicht einmal, dass Willy hereinkam.

«Wow», machte er. «Hier herrscht aber eine angespannte Atmosphäre.»

Bevor er noch ein Wort sagen konnte, hatte Kendra ihn schon angesprungen. Sie warf ihn zu Boden und holte zu einem gewaltigen Schlag aus.

Doch Buffy fing ihre Faust ab. Sie war am Ende ihrer Geduld. «Sagt man da, wo du herkommst, nicht mal hallo?»

«Der hier ist ein schmutziger Mensch», erklärte Kendra und hielt Willy mit eisernem Griff fest. «Das fühle ich.»

«Wie schön für dich, du Allesmerkerin. Aber wir werden nichts aus ihm rauskriegen, wenn er bewusstlos ist.»

Sie befreite Willy aus Kendras Griff und half ihm auf. Dann schleuderte sie ihn mit aller Wucht gegen die Wand.

«Wo ist Angel?», fragte sie.

Willys Stimme klang schrill. «Mein Kumpel Angel? Glaubt ihr, ich hätte ihn rösten lassen? Ich habe ihn gerade noch gerettet. Fünf Minuten länger, und man hätte Vampirchips aus ihm machen können.»

Buffy warf Kendra einen bösen Blick zu.

«Wo ist er hingegangen? Nach Hause?» Sie griff fester zu, und Willy wand sich unter ihrem Griff.

«Äh, er meinte, er wollte unter der Erde bleiben», berichtete er. «Du weißt schon, sich erholen.»

«Sagst du mir auch die Wahrheit?»

«Ich schwör's beim Grab meiner Mutter … Gott behüte, dass ihr etwas Schlimmes zustößt.»

«Dann ist ja alles in Ordnung», versicherte Kendra Buffy. «Wir können zu unserem Wächter zurückkehren und weitere Befehle abwarten.»

«Befehle?» Buffy sah Kendra verständnislos an. «Ich nehme keine Befehle entgegen. Ich mache, was ich will.»

«Kein Wunder, dass du gestorben bist», bemerkte Kendra. «Lass uns gehen.»

Als sie aufbrachen, sah Willy ihren schlanken, kräftigen Figuren hinterher. Und dann hatte er eine Idee.

«Ich wollte nur mal fragen, ob eine von euch je daran gedacht hat, Model zu werden», rief er ihnen nach. Die beiden blieben abrupt stehen, und er fuhr fort: «Ein Freund von mir hat 'ne Kamera, und er macht echt starke Nacktfotos – künstlerisch, klar, aber nackt.»

Der angewiderte Blick, den die beiden ihm zuwarfen, war das Erste, was sie gemeinsam hatten.

Willy wich erschrocken zurück. «Ihr könnt ja mal darüber nachdenken …»

Doch die beiden waren schon gegangen.

Fünfzehn

Drusilla siechte dahin.

Spike saß auf ihrer Bettkante und betrachtete sie – die eingesunkenen Augen, das hagere Gesicht, die bleichen, knochigen Hände. Zärtlich streichelte er ihre Wange – ihre Haut war eiskalt – und weckte sie mit sanften Worten.

«Ach.» Drusillas Stimme klang benommen. Sie hatte Mühe, sich auf sein Gesicht zu konzentrieren. «Ich habe geträumt.»

«Wovon, mein Liebling?»

«Es war so schön», murmelte sie. «Wir waren in Paris. Du hattest ein Brandeisen …»

Spike lächelte. «Ich habe dir etwas mitgebracht.»

Drusilla nickte, aber ihre Augen verrieten, dass sie ihn gar nicht gehört hatte. Sie starrte auf die Stelle, wo eben noch Spikes Gesicht gewesen war, obwohl er den Raum schon verlassen hatte.

«Und in meinem Baguette waren Würmer», flüsterte sie vor sich hin.

Stirnrunzelnd blickte sie auf, als Spike wieder in ihr Blickfeld trat. Dieses Mal hatte er jemanden dabei – einen hoch gewachsenen, breitschultrigen Mann, der gefesselt und geknebelt war.

Spikes Lippen verzogen sich zu einem triumphierenden Grinsen. «Euer Meister, meine Teure.»

«Angel?» Drusillas Miene hellte sich auf. Spike stieß Angel roh in einen Winkel des Raumes.

«Der einzig wahre Angel», versicherte er Drusilla. «Jetzt brauchen wir nur noch den Neumond heute Nacht. Dann wird er sterben, und du wirst deine ganze Kraft zurückerlangen.»

Froh kam er auf ihr Bett zu. Er half ihr auf und hielt sie fest an sich gedrückt.

«Meine dunkle Göttin», murmelte Spike und küsste ihr ehrfürchtig die Hand. Langsam glitten seine Lippen an ihrem Arm hoch. «Meine reife, freche Pflaume. Es ist ...»

«Für immer», flüsterte Drusilla.

Nun lächelte auch sie und drückte ihn fester an sich. Ihre Lippen verschmolzen zu einem leidenschaftlichen Kuss.

Angel konnte nicht hinsehen. Er wandte den Kopf ab. In ihm tobte ein Aufruhr der Gefühle. Er empfand Scham wegen dem, was er Drusilla angetan hatte, Abscheu davor, was aus ihr und auch ihm geworden war. Und er spürte Furcht, denn sein Schicksal schien besiegelt.

Endlich lösten sich Spike und Drusilla voneinander. Drusilla sah ihren Liebsten kokett an.

«Lass ihn bei mir», bat sie. «Bis der Mond aufgeht.»

Sofort warf Spike einen argwöhnischen Blick auf Angel, und seine Kiefer mahlten vor Wut. Angel und Dru hatten eine Vergangenheit. So fern sie auch war, damals hatten die beiden die Alte Welt in Brand gesteckt. Sie allein zu lassen gefiel ihm gar nicht, doch er konnte Drusilla nun mal keine Bitte abschlagen.

«Na schön», lenkte er schließlich ein. «Du darfst spielen. Aber bring ihn nicht um. Er darf erst bei dem Ritual sterben.»

«Bring ihn her zu mir.»

Gehorsam zerrte Spike Angel vom Boden hoch. Er packte ihn im Genick und steuerte ihn auf Drusilla zu. Sie betrachtete Angel mit einem hinterhältigen Lächeln.

Sanft berührte sie sein Gesicht. Während Spike hinter ihr stand und sich an Angels Elend weidete, ließ sie ihre Fingerspitzen über Angels Wangen gleiten. Angel wollte den Blick abwenden, aber Drusilla nahm sein Kinn in die Hand und drehte seinen Kopf herum, sodass er gezwungen war, sie anzuschauen.

Sie runzelte die Stirn und schnurrte leise. «Du bist ein sehr böser Meister gewesen.»

Dann versetzte sie ihm einen brutalen Schlag.

Buffy konnte nur noch an Angel denken. Außer sich vor Sorge, grübelte sie darüber nach, wie schlimm er von der Sonne verbrannt worden war und wie lange er wohl unter der Erde bleiben wollte. Und sie war immer noch wütend auf Kendra.

Das ist alles Kendras Schuld, dachte sie trotzig. *Wenn Kendra nicht gekommen wäre, ginge es Angel gut, und nichts von alldem wäre passiert.*

Sie schüttelte den Gedanken ab und zwang sich zur

Aufmerksamkeit. Alle vier – sie und Willow, Kendra und Giles – gingen gerade den Säulengang in der Schule entlang, und Giles hielt wieder einen seiner Vorträge.

Buffy gab sich Mühe, alles mitzubekommen.

«Kendra», sagte Giles soeben, «ich habe mit deinem Wächter, Mr. Zabuto, gesprochen. Wir stimmen darin überein, dass ihr zusammenarbeiten sollt, bis die Angelegenheit mit Spike und Drusilla erledigt ist.»

Buffy verdrehte die Augen. «Na, das wird ja toll!»

«Sie glauben also, dass Spike versucht, diese Drusilla wieder gesund zu machen?», fragte Kendra ernst.

«Ja», erwiderte er. «Dies muss die dunkle Macht sein, die dein Wächter erwähnte. Drusilla ist nicht nur böse. Sie ist auch ziemlich verrückt. Wenn sie Gesundheit und Kraft wiedererlangt, kann man nicht wissen, wozu sie fähig sein wird.»

«Dann müssen wir Spike aufhalten!», beschloss Kendra.

«Superplan!», frotzelte Buffy. «Dann auf zum Angriff!»

Giles seufzte entnervt. «Buffy ...»

«Das Ganze ist ein bisschen komplizierter, okay, John Wayne?», raunzte Buffy Kendra an.

«Ja, das fürchte ich auch», gab Giles ihr Recht. «Spike hat den Orden von Taraka gerufen, um Buffy außer Gefecht zu setzen.»

«Die dämonischen Mörder?» Kendra wurde ganz starr. «Ich habe in den Schriften des Dramius etwas darüber gelesen.»

Giles blickte sie zweifelnd an. «Wirklich? Welchen Band?»

«Ich glaube, es war Band sechs, Sir.»

«Woher kennst du dieses Zeug?», wollte Buffy wissen.

«Habe es gelesen», erwiderte Kendra schlicht.

Buffy nickte. «Also hast du viel Freizeit.»

«Ich lese, weil es erforderlich ist. So steht es im Handbuch der Jäger.»

«Es gibt ein Handbuch?», schaltete sich Willow ein, während Buffy völlig verblüfft dreinschaute.

«Handbuch? Was für ein Handbuch? Wieso hab ich nie so ein Handbuch gekriegt?»

«Gibt's vielleicht auch ein T-Shirt?», fragte Willow begierig. «Das wäre echt cool.»

Giles versuchte, ein Lächeln zu unterdrücken. «Nachdem ich dich kennen gelernt hatte, Buffy, war ich mir ziemlich sicher, dass dieses Handbuch in deinem Fall keinen Zweck haben würde.»

«Was meinen Sie mit in meinem Fall keinen Zweck haben würde?», fragte Buffy aufgebracht. «Was ist denn so besonders an meinem Fall?»

Giles schien ihre Frage nicht gehört zu haben. Er wandte sich wieder an Kendra. «Vielleicht solltest du mir in Dramius' Schriften den Abschnitt über den Orden von Taraka zeigen», sagte er erfreut. «Ich muss zugeben, dass ich dieses Buch nie ganz durchgeackert habe.»

«Ja, es war schon schwierig», stimmte Kendra zu. «All diese Fußnoten!»

Die beiden lachten aus vollem Hals. Buffy warf Willow einen Seitenblick zu.

«Lernen Sie den großen Weltenretter im Westentaschenformat kennen!», murrte sie vor sich hin.

Kendra und Giles spazierten davon, aber plötzlich blieb Giles stehen und drehte sich zu Buffy um.

«Ach, Buffy, Rektor Snyder hat dich gesucht.»

«Iiihhh!», entrutschte es Buffy. «Die Berufsmesse.»

«Du solltest besser zu ihm gehen.»

Neugierig blickte Kendra Giles an. «Buffy ist Schülerin dieser Schule?»

«Ja.»

Kendra brauchte einen Augenblick, um diese Information zu verdauen. Dann fügte sie kühl hinzu: «Stimmt. Natürlich. Wahrscheinlich ist sie auch Cheerleader, oder?»

«Ehrlich gesagt, hat sie das aufgegeben.» Giles fing an zu kichern. «Das war wirklich eine lustige Geschichte ...»

Kendra starrte ihn nur ausdruckslos an; sie war nicht im Geringsten an Buffys wirrem Leben interessiert, noch fand sie es besonders lustig.

Giles nahm wieder seine übliche distanzierte Haltung an. «Lass uns dieses Buch suchen», schlug er vor.

Sie verschwanden in Richtung Bibliothek.

Sprachlos blickten Buffy und Willow ihnen nach.

«Jetzt haben wir auch noch einen weiblichen Giles auf dem Hals», murrte Buffy.

«So 'ne dumme Nuss», pflichtete Willow ihr bei.

Dann drehten sie sich um und gingen in entgegengesetzter Richtung zum Hof.

«Ich wette, Giles wäre es lieber, wenn ich auch so ein kleiner Bücherwurm wäre», meinte Buffy traurig.

Willow blickte sie lächelnd an. «Giles ist so ein großer Bücherwurm, dass es für euch beide reicht.»

«Aber du hast doch gesehen, wie er und Kendra sich verstehen.»

«Buffy», redete Willow ihr zu, «niemand kann deinen Platz einnehmen. Du wirst immer Giles' Nummer eins sein.»

«Ich frage mich ...»

«Aber glaub mir doch. Du bist seine Jägerin. Die *wahre* Jägerin.»

«Nein, das meinte ich nicht», sagte Buffy gedankenverloren. «Ich frage mich, ob es so schlimm wäre – wenn ich ersetzt würde.»

«Du meinst, wie es wäre, wenn Kendra übernimmt?», fragte Willow erschrocken.

«Vielleicht. Es wäre einfach irre, wenn ich nach dieser ganzen Geschichte mit Spike und den Mördern von Taraka zu Kendra sagen könnte: ‹Jetzt bist du an der Reihe. Ich mache Urlaub in Disneyland.›»

Willow zögerte ein wenig. «Aber nicht für immer, oder?»

«Nein.» Buffy warf ihrer Freundin einen neckenden Blick zu. «Disneyland wäre nach ein paar Monaten sterbenslangweilig. Aber ich könnte ja … andere Dinge tun. Irgendwas. Mich um einen Beruf kümmern, zum Beispiel. Und wer weiß, Willow, vielleicht könnte ich eines Tages sogar ein ganz normales Leben führen.»

Ihre Stimme klang hoffnungsvoll, als sie das sagte.

Zu schade, dass ihr nicht auch so zumute war.

Sechzehn

Cordelia konnte nicht still stehen – sie rannte wie eine Wilde auf und ab.

Xander dagegen saß niedergeschlagen auf einem Stuhl.

«Meinst du, du könntest dich mal setzen oder dich sonst wie beruhigen?», fragte er ironisch. «Dein Rumrasen macht mich ganz schwindelig.»

«Ich rase rum, weil du einfach nur rum*sitzt*», fuhr Cordelia ihn an. «Du solltest dir lieber überlegen, wie wir hier rauskommen.»

«Habe ich doch schon. Wir warten einfach – Buffy wird uns bestimmt befreien.»

«Woher soll sie denn wissen, wo wir sind?»

Xander seufzte aus tiefstem Herzen. «Cordelia. Das ist doch Buffys Zuhause. Die Chancen stehen günstig, dass sie uns hier findet.»

«Und was, wenn nicht?», platzte Cordelia heraus. «Soll ich etwa hier mit *dir* verkümmern? Nein, danke.»

Sie ging mit raschen Schritten auf die Treppe zu. Xander sprang auf.

«Was hast du vor?», herrschte er sie an.

«Ich will nachsehen, ob er weg ist.»

«Na, das ist ja superklug. Was, wenn nicht?»

Cordelias Blick war vernichtend. «Oh, verdammt. Du meinst, wir sollen hier einfach unsere Zeit vertrödeln und darauf warten, dass jemand anders den Helden spielt? Sorry, hatte völlig vergessen, dass ich hier mit einem Weichei gelandet bin ...»

«Und ich», fiel ihr Xander ins Wort, «werde nie vergessen, dass ich hier mit einer Dummtussi festsitze, die diesen Mutanten überhaupt erst ins Haus gelassen hat!»

«Er sah ganz normal aus!», verteidigte sich Cordelia.

«Was denn – sollte er etwa eine Armbrust bei sich haben und ein Schild auf der Stirn: ‹Vorsicht, Mörder›?», schrie Xander zurück. «Er brauchte dir bloß 'ne Gratisprobe anzudrehen, und schon hast du ihm aus der Hand gefressen!»

«Weißt du was?» Cordelias Stimme klang nun gefährlich leise und eiskalt. «Ich gehe jetzt raus. Ich lasse mich lieber von den Würmern fressen, als auch nur einen Moment länger deine blöde Visage zu ertragen ...»

«Dann geh doch. Ich halte dich nicht auf.»

Sie machten einen Schritt aufeinander zu, die zornroten Gesichter nur Zentimeter voneinander entfernt.

«Das wette ich!», brüllte Cordelia. «Ich wette, du würdest jedes Mädchen seinem Schicksal überlassen!»

«Nicht jedes Mädchen», gab Xander arrogant zurück. «Du bist schon ein Sonderfall.»

«Ich kann's nicht glauben, dass ich die letzten Minuten meines Lebens ausgerechnet mit dir verbringen soll!»

«Ich hoffe, dass dies meine letzten Minuten sind! Wenn ich dich noch drei Sekunden länger ertragen soll, werde ich …»

«Wirst du was?», forderte Cordelia ihn heraus. «Feigling!»

«Schnepfe!»

«Ich hasse dich!»

«Ich hasse *dich*!»

Sie starrten sich an, keiner war fähig, noch ein Wort herauszubringen.

Dann fielen sie einander in die Arme und küssten sich.

Sie küssten sich mit rückhaltloser Leidenschaft, wie keiner von ihnen je zuvor geküsst hatte. Der Raum schien zu verschwimmen, der Boden bebte. Sie küssten atemlos, ohne einmal Luft zu holen. Sie küssten, als ginge es um ihr Leben …

Dann, nach langer Zeit, lösten sie sich voneinander.

Und sprangen zurück, als hätte man ihnen einen elektrischen Schlag versetzt.

Etliche Sekunden starrten sie einander an.

«Wir müssen ganz, ganz dringend hier raus», meinte Xander und wandte sich der Treppe zu.

Ohne zu zögern, raste Cordelia die Treppe hinauf und riss den Klebestreifen von der Türritze.

«Er ist weg!», verkündete sie froh.

Die beiden flüchteten aus dem Keller. Aber als Cordelia Xander ins Esszimmer folgte, regnete es plötzlich Hunderte von Würmern. Kreischend raste Cordelia hinaus in den Vorgarten. Sie war von Würmern übersät. Xander rannte ihr nach und versuchte, die ekligen Viecher abzuwischen.

«Hilfe!», schrie Cordelia. «Hilf mir!»

Xander flitzte zum Wasserschlauch. Er drehte voll auf. Als Cordelia das Wasser mit voller Wucht traf, schrie sie noch lauter. Aber es half – als der letzte Wurm abgewaschen war, drehte Xander den Hahn wieder zu und brachte Cordelia zu ihrem Wagen.

Siebzehn

Buffy und Willow standen im PZ. Um sie herum tobte der Tumult der Berufsmesse. Beide studierten einen endlos langen Plan, der an einer Wand angeschlagen war.

«Okay», seufzte Buffy. «Mein Test gibt an, ich sollte bei den Gesetzeshütern vorbeischauen – hah – und bei Umweltdesign.»

«Umweltdesign?» Willow zog eine Braue hoch. «Das ist doch Landschaftsbau, stimmt's?»

Buffy zuckte mit den Schultern. «Ich bin schon beim Landschaftsstand gewesen. Die haben gestern abgeräumt – also muss ich zu den Hütern von Recht und Ordnung.»

Sie bahnten sich ihren Weg durch die lärmende Menge. Als Buffy ihren Blick schweifen ließ, entdeckte sie ein bekanntes Gesicht – den Typen, den sie kürzlich im Korridor angesprungen hatte. Sie bemerkte, dass er jetzt eine andere Haarfarbe hatte – nicht mehr blond, sondern dunkel – und dass er sie beobachtete. Und ganz besonders starrte er Willow an.

«Guck jetzt nicht hin, Will», teilte sie ihrer Freundin mit, «aber dieser Typ da drüben stiert sich die Augen nach dir aus.»

Willow folgte ihrem Blick quer durch den Saal. «Oh», meinte sie beiläufig. «Das ist Oz. Er ist bloß ein Computerfreak, den ich kenne.»

«Ach ja? Und warum kommt er dann zu uns rüber?»

Oz lief tatsächlich auf die beiden zu. Er hatte nur Augen für Willow.

«Hi», grüßte er.

Buffy lächelte und machte sich davon.

«Hey», sagte Willow und schaute ihn einen Moment aufmerksam an. «Dein Haar. Es ist braun», sagte sie überrascht.

«Manchmal», bestätigte Oz. «Hast du dich schon entschieden? Willst du zu dieser großen Computerfirma gehen?»

Willow blickte belustigt drein. «Äh, ich denke, ich werde erst mal die High School zu Ende machen. Und du?»

«Ich hab's eigentlich nicht so mit Computern», gestand Oz. «Oder überhaupt mit Arbeit.»

«Warum haben die dich dann ausgewählt?»

Oz zuckte mit den Schultern. «Ich schneide bei Tests immer gut ab. Das ist ja auch in Ordnung, nur leider führt es immer zu einem Job.»

«Na ja, hast du denn gar keinen Ehrgeiz?»

«Aber ja», antwortete er ernst. «Es-Dur, None, einen Halbton tiefer.»

«Häh?»

Oz versuchte es ihr geduldig zu erklären. «Das ‹Es› ist

gerade noch spielbar, aber superschwer ist diese None, die man einen Halbton tiefer spielt … das ist ein Akkord für echte Kerle.» Er versuchte ernst zu wirken. «Da kannste dir den Finger bei abhacken.»

Er lächelte sie an. Willow lächelte zurück; sie wusste nicht genau, was sie von ihm halten sollte.

Am anderen Ende des Saales war Buffy beim Stand der Gesetzeshüter angelangt. Wieder war die streng aussehende Polizistin da, die Buffy kurz zunickte und ihr eine Liste gab, auf der sie ihren Namen eintragen sollte. Gehorsam kam Buffy der Aufforderung nach. Die Polizistin nahm die Liste zurück.

«Pass gut auf», befahl die Beamtin, «und melde dich sofort, wenn dein Name aufgerufen wird!»

Buffy und ein paar andere Teilnehmer versammelten sich wartend vor der Bude.

«Buffy Summers!», bellte die Police Lady.

«Hier.»

Mit einer blitzschnellen Bewegung zog die Polizistin eine Pistole und richtete sie auf Buffys Kopf.

Buffy duckte sich, während der Saal bereits von Schüssen widerhallte.

Panik brach aus. Als die Polizistin erneut feuerte, schrien die Leute auf und rannten ziellos durcheinander. Überall flogen Kugeln herum, prallten an den Wänden ab und pfiffen durch die Luft.

«Pass auf!», schrie Oz.

Er warf sich auf Willow und riss sie um. Im selben Moment spürte er einen heißen, brennenden Schmerz, als eine Kugel seinen Arm streifte. Beide landeten hart auf dem Boden. Oz lag blutend auf Willow.

Buffy zögerte nicht länger, sie musste eingreifen. Sie

drückte sich flach auf den Boden, kroch hinter die Polizistin, packte die Frau an den Knöcheln und riss ihr die Beine weg. Die beiden rangen miteinander, bis es Buffy endlich gelang, der Frau die Waffe zu entwinden. Sie warf sie beiseite.

Aber die Polizistin zog eine andere Pistole. Sie zielte direkt auf Buffys Stirn. Da sauste ein Fuß auf die Hand der Police Lady herab und trat die Waffe außer Reichweite. Buffy sah auf und erblickte Kendra, deren Gesicht von kalter Entschlossenheit gezeichnet war. Buffy nutzte die momentane Abgelenktheit der Polizistin aus und fing an, ihr Gesicht mit den Fäusten zu bearbeiten.

Doch die Polizistin konnte sich befreien. Sie schleuderte Buffy von sich und griff sich einen der Schüler. Dann richtete sie die Waffe auf seine Brust und wich langsam zurück.

«Nicht!», schrie Buffy.

Die Polizistin ging mit der Geisel langsam rückwärts durch den ganzen Saal. Als sie die Tür erreicht hatte, warf sie den Schüler zu Boden und flüchtete.

Kendra nahm die Verfolgung auf, während Buffy zu Willow und Oz rannte. Willow sah blass und erschüttert aus, und Oz, der neben ihr saß, presste eine Hand auf seine Wunde.

«Er … er wurde angeschossen», stotterte Willow. Sie blickte ihn an. Ihre Stimme zitterte. «Geht es?»

«Ich bin erschossen», sagte Oz ruhig. Buffy merkte, dass er trotz seiner vorgetäuschten Lässigkeit völlig fertig war. «Ich bin angeschossen worden. Wow. Das ist ja … komisch. Und es tut weh.»

Kendra stand im Eingang des PZ. Als sie Buffy sah, kam sie schnell herüber.

«Sie ist verschwunden», berichtete Kendra.

Langsam begannen die Leute, aus ihren Verstecken zu

kriechen. Alle blickten verwirrt um sich. Die unglückliche Geisel ging völlig verblüfft auf Buffy zu.

«War das … sollte das eine Art Demonstration sein?», fragte der Junge.

Achtzehn

«Sie gehörte ganz bestimmt zu dieser Tarakabande, Giles. Und sie war unglaublich schnell mit der Pistole.»

Mit ernster Stimme berichtete Buffy von dieser letzten Katastrophe. Die vier hatten sich in der Bibliothek versammelt, um das Geschehen zu analysieren.

«Und dieser Oz», erkundigte sich Giles besorgt, «geht's dem gut?»

Willow brachte ein unsicheres Lächeln zustande. «Der Sanitäter meinte, es wäre nur ein Kratzer, zum Glück …»

Sie verstummte, als Xander und eine völlig durchweichte Cordelia hereinplatzten. Beide schienen furchtbar aufgeregt zu sein; Cordelia stand kurz vor einem hysterischen Anfall.

Buffy blickte Kendra warnend an. «Nicht!», befahl sie, bevor Kendra wieder angreifen konnte.

Aber Kendra stand da wie angewurzelt. Sie starrte Xander an wie ein Reh, das vom Lichtkegel eines Autoscheinwerfers erfasst wird.

«Wer war heute der Sponsor der Berufsmesse?», fragte Xander trocken. «Der Dachverband der englischen Fußballfans?»

Giles hörte sich müde an. «Wir hatten einen ziemlich gewalttätigen Besuch eines Ordensmitglieds von Taraka.»

«Ihr redet von dem Orden von Taraka?», rief Xander aufgeregt. «Wir haben den Oberfreak dieses Ordens von …»

Er schwieg abrupt und starrte Kendra an.

«Entschuldigt bitte.» Giles besann sich auf seine guten Manieren. «Xander, Cordelia, das ist Kendra. Es ist sehr kompliziert, aber sie ist auch eine Jägerin.»

Cordelia war von den Neuigkeiten nicht im Geringsten beeindruckt. Sie sah Kendra kaum an, als sie an ihr vorbeiging und sich auf einen Stuhl fallen ließ. «Hi», brachte sie dann mit dünnem Lächeln heraus. «Nett, dich kennen zu lernen.»

«Eine Jägerin?» Xander zwinkerte Buffy wissend zu. «Ich wusste doch, dass dieses ewige ‹Es kann nur eine geben, und die bin ich› bloß dazu da war, damit du die ganzen Jungs absahnst!»

«Sag doch einfach hallo, Xander», seufzte Buffy.

Aber Xander starrte nun seinerseits Kendra an. Völlig fasziniert stellte er sich neben sie. Sofort schlug Kendra schüchtern die Augen nieder.

«Willkommen», begrüßte Xander sie. «Du bist also eine Jägerin, was? Mir gefallen solche Frauen sehr.»

Kendra schien völlig durcheinander zu sein. «Ich … ich hoffe …», stammelte sie. Sie holte tief Luft und begann von neuem: «Ich danke Ihnen. Ich meine, Sir … ich stehe gern zu Diensten.»

Xander schaute Buffy fragend an, aber die zuckte nur mit den Achseln.

«Gut», meinte er dann und trat wieder zurück. «Super. Ist immer schön, wenn man etwas zu geben hat.»

Giles war tief in Gedanken. Er lenkte das Gespräch wieder auf das anstehende Problem zurück.

«Dieser Mörder, den ihr getroffen habt, Xander, wie sah der aus?»

Bevor Xander etwas erwidern konnte, stieß Cordelia

einen Schrei aus. Sie sprang auf, schlug sich wie wild auf den Kopf und kreischte, als ein toter Wurm aus ihrem Haar fiel und auf einem aufgeschlagenen Buch landete.

«Genau so», sagte Xander.

Cordelias Stimme klang so schrill, als würde sie gleich überkippen. «Das war's! Ich geh jetzt unter die Dusche!» Sie drehte sich abrupt um und marschierte hinaus, während Buffy Xander neugierig anschaute.

«Du und die Leute mit den Wanzen, Xander.» Sie klang fast belustigt. «Das passt doch bestens zusammen.»

«Dieser Typ war aber ganz anders als Lady Gottesanbeterin», versetzte Xander, der auch an ihre «Aushilfslehrerin» aus dem letzten Schuljahr dachte. «Er war ein Mann, der aus Ungeziefer *bestand.* Keine *menschliche* Wanze.»

«Das Wichtigste ist», fuhr Giles fort, «dass niemandem etwas geschehen ist. Dennoch ist es nur zu offensichtlich, dass wir ernsthaft angegriffen werden ...»

«Ja», unterbrach ihn Buffy. «Diese Tarakatypen sind gefährlich. Wäre Kendra nicht da gewesen, würde ich nicht mehr unter euch weilen.»

Schweigend nahm Kendra den Dank an.

Giles' Miene spiegelte höchste Besorgnis wider. «Ich fürchte, das Schlimmste steht noch aus: Ich habe die restlichen Heilmittel für Drusillas Krankheit entdeckt. Das Ritual sieht vor, dass ihr Meister anwesend ist, und es muss bei Neumond in einer Kirche abgehalten werden.»

«Bei Neumond?», schaltete sich Kendra ein. «Aber das ist ja heute Nacht.»

«Ganz genau. Ich bin sicher, die Mörder sind hier, um Buffy zu töten, bevor sie dieses Ritual aufhalten kann ...»

«Sie brauchen Drusillas Meister dazu?» Nun war es Buffy, die ihn unterbrach. Sie sprang auf, ihr Ton wurde drängend. «Sie meinen den Vampir, der sie zum Vampir machte?»

Willow sah die Angst in Buffys Gesicht. «Was ist denn, Buffy?»

Buffy wandte sich von den anderen ab. Sie brauchte einen Augenblick, um sich wieder zu sammeln, dann blickte sie die anderen an.

«Es ist Angel», sagte sie leise. «Er ist Drusillas Meister.»

«Mann!», rief Xander aus. «Der Typ hat aber keinen Hals ausgelassen!»

Willow boxte ihn in die Rippen. Kendra sah verärgert aus, sagte aber nichts.

«Dieses Dingsbums.» Buffy sah Giles ernst von der Seite an. «Dieses Ritual. Wird es ihn umbringen?»

Giles zögerte mit der Antwort. Er mied ihren Blick und sagte mit leiser Stimme: «Ich fürchte schon.»

«Wir müssen etwas tun», drängte Buffy. «Wir müssen diese Kirche finden, wo das Ritual stattfinden soll!»

«Da stimme ich dir zu. Und wir müssen schnell sein. In fünf Stunden geht die Sonne unter.»

«Mach dir keine Sorgen, Buffy», versuchte Willow sie zu trösten. «Wir werden Angel retten.»

Nun konnte Kendra nicht länger an sich halten.

«Angel?», rief sie mit empörter Stimme. «Das Wichtigste ist, Drusilla aufzuhalten.»

Ärgerlich wandte sich Xander ihr zu. «Angel ist unser Freund!», fuhr er sie an. Dann schwieg er und dachte nach. «Leiden kann ich ihn allerdings nicht», fügte er etwas unlogisch hinzu.

«Hör mal.» Jetzt sah Buffy Kendra tief in die Augen. Ihre Stimme klang trotzig. «Du hast deine Prioritäten und ich meine. Im Augenblick passen sie gut zusammen. Willst du mit mir arbeiten, oder willst du mir in die Quere kommen?»

Sie blickten einander ohne Blinzeln an. Angespanntes Schweigen breitete sich aus.

«Ich helfe dir», sagte Kendra schließlich.

«Gut!», schloss Buffy wütend. «Denn mir reicht's jetzt. Spike wird es nicht mehr lange machen. Man kann mich angreifen, man kann mir Mordgesellen hinterherschicken … das ist völlig in Ordnung.»

Sie richtete sich zu ihrer vollen Größe auf. Ihr Blick war vernichtend.

«Aber *niemand* legt sich mit meinem Boyfriend an.»

Neunzehn

Drusilla ging es schon viel besser. Sie lächelte, während sie eine kleine Flasche Weihwasser aus einem alten, mit Samt ausgeschlagenen Kästchen nahm.

Träumerisch sprach sie mit sich selbst. Sie entsann sich einer anderen Zeit, einer früheren Zeit …

«Meine Mutter aß Zitronen. Roh.»

Der Raum war in sanften Kerzenschein getaucht. Angel lag am Fußende des Bettes, die Hände an die Bettpfosten gefesselt, mit bloßer Brust.

Er sah Drusilla näher kommen. Nun kniete sie vor ihm auf dem Bettvorleger nieder.

Langsam ließ sie ihre Hände über seine Brust gleiten. Die Hitze der Leidenschaft, die sie einst mit ihm verbunden hatte, war immer noch zu spüren – und wurde angefacht von all den einsamen Jahrhunderten, die sie verloren hatten.

Drusilla spürte die Hitze in ihren Fingerspitzen. Sie floss

in die verborgensten Winkel ihres Herzens. Und nun nahm sie sich Zeit und spielte mit der Leidenschaft. Nur um ihn zu quälen.

«Sie sagte, es gefalle ihr, wie die Zitronen sie im Mund kitzelten», fuhr Drusilla fort.

Sie hob die Flasche mit dem Weihwasser und ließ ein wenig auf seine Brust tröpfeln. Zischend verbrannte es auf seiner Haut. Angel biss die Zähne zusammen, gab aber keinen Laut von sich.

Drusilla lächelte ihn an, und ihr verstörter Geist wanderte wieder in die Vergangenheit. «Die kleine Anne liebte Vanillepudding und Ingwerbirnen …»

Wieder neigte sie das Fläschchen. Angel wand sich in stummer Pein. Ein Teil von ihm hieß dieses Schicksal willkommen – er wusste, dass er es verdiente –, doch der andere Teil von ihm bettelte um Freilassung. Denn dies war ein Schmerz, der nicht nur aus der Folter, sondern auch aus der Reue herrührte – der Reue darüber, was er ihr angetan hatte.

«Dru…», stöhnte er, aber sie bedeutete ihm zu schweigen.

Er wandte den Kopf ab. Einen kurzen Augenblick lang vermochte er sie durch den Schleier der Jahrhunderte so zu sehen, wie sie einst gewesen war – ein unschuldiges Mädchen. Und er entsann sich der Bewunderung in ihrem Blick, der Verwirrung und Furcht und vor allem der Leere, zu der er sie verdammt hatte. Angel würgte am bitteren Geschmack der Vergangenheit.

Drusilla wartete, bis er wieder still lag.

«Und Granatäpfel», flüsterte sie. «Sie hatte dann immer ganz rote Lippen und Finger …»

Und wieder neigte sie die Flasche und sah zu, wie das Weihwasser auf seine Brust tropfte.

Angel schloss die Augen und biss die Zähne zusammen. Dieses Mal hätte er fast aufgeschrien.

«Erinnerst du dich an die kleinen Finger?», hänselte ihn Drusilla. «An kleine Händchen? Ja?»

Ihre Stimme klang nun hart und kalt. Sie wartete auf seine Antwort.

«Wenn ich könnte», keuchte Angel, «dann würde ich …»

«Halt den Mund!», fuhr Drusilla ihn an. «Sie haben immer gegessen, die Kleinen. Kuchen. Und Eier. Und Honig.» Sie machte eine Pause, dann sprach sie mit säuselnder Stimme weiter. «Bis du kamst und ihnen die Kehle aufgerissen hast …»

Wieder etwas Weihwasser. Angel ballte die Hände zu Fäusten. Er versuchte sich wegzudrehen.

Aber während sie sein Gesicht betrachtete, sah Drusilla etwas, das sie noch nie zuvor wahrgenommen hatte.

Er trauerte. Er bereute. Er spürte einen nicht enden wollenden Schmerz der Erinnerung …

Ihre Züge wurden sanft. Einen Augenblick lang wirkte sie verletzlich, geradezu verloren.

«Du erinnerst dich daran?», fragte sie leise.

Angel brachte ein Nicken zustande. «Ja.»

«Du erinnerst dich an diese Art des Hungers?»

«Ja.»

Drusilla lächelte süß. «Du hast mich immer gefüttert.»

Sie sprach nicht über Essen, das wusste Angel wohl.

«Du glaubst, dass du dieses Laster nicht mehr in dir hast», schnurrte Drusilla und beugte sich über ihn. «Aber du hast es noch. Ich fühle es.»

Und sie schüttete einen Schwall Weihwasser über ihn. Angel schrie, weil die Qual unerträglich war.

«Ich kann es fast schmecken», flüsterte Drusilla. Genießerisch leckte sie sich die Lippen.

Zwanzig

Es war Nacht geworden, und irgendwo in Sunnydale sollte schon bald ein makabres Ritual stattfinden.

«Es gibt nicht weniger als dreiundvierzig Kirchen in Sunnydale?» Staunend blickte Giles über Willows Schulter, während sie eine Liste im Computer durchging. «Das scheint mir ein bisschen übertrieben.»

«Das sind diese besonders vielen bösen Schwingungen vom Höllenmund», erklärte Willow. «Die machen die Leute fromm.»

«Sieh mal nach, ob darunter auch Kirchen sind, die nicht mehr benutzt werden.»

Willow tat, was er verlangte. Als Giles ein schweres Buch zu dem Tisch hinübertrug, an dem Xander und Cordelia saßen, fiel ihm auf, wie verkrampft die beiden aussahen. Ihre Stühle standen nebeneinander, aber sie schienen absichtlich jeden Blickkontakt zu vermeiden und saßen kerzengerade da. Während sie fleißig in einem Buch mit Abbildungen von Dämonen blätterten, konnte Giles sich über ihr seltsames Benehmen nur wundern.

«Hier drin gibt's jede Menge Dämonen», bemerkte Xander. «Und Monster. Aber keinen Wanzentyp und keine schießwütige Police Lady.»

Giles reichte ihm das schwere Buch. «Hiermit wirst du wahrscheinlich mehr Erfolg haben. Ein Abschnitt beschäftigt sich ausschließlich mit dem Orden von Taraka.»

Xander begann in dem Wälzer zu blättern.

Kendra, die sich in Giles' Privatbüro aufhielt, beobachtete die anderen neugierig durch die Scheibe. Dann schaute sie zu Buffy hinüber, die dabei war, ihre Waffen zu prüfen. Buffys Züge waren angespannt.

«Und diese beiden dort», fragte Kendra und zeigte auf Xander und Cordelia, «wissen auch, dass du die Jägerin bist?»

Buffy konzentrierte sich auf ihre Ausrüstung. «Ja.»

«Hat dir irgendjemand mal erklärt, was ‹geheime Identität› bedeutet?» Kendra zog eine Braue hoch.

«Nee.» Buffy ließ sich nicht von ihrer Arbeit ablenken. «Muss wohl im Handbuch stehen. Direkt nach dem KAPITEL über Personenbeseitigung.»

Kendra bemerkte die Ironie nicht. Sie nahm eine Armbrust in die Hand und betrachtete sie von allen Seiten.

«Sei vorsichtig damit!», warnte Buffy.

«Also bitte! Ich bin Expertin für alle Waffen.»

Urplötzlich ging die Armbrust los und schoss einen Pfeil ab, der genau Giles' Lampe traf. Die Lampe stürzte um. Erschrocken legte Kendra die Armbrust weg.

«Alles in Ordnung?», rief Giles.

«Ja», schrie Buffy zurück. «Kendra hat bloß die böse Lampe erschossen.»

Kendra warf ihr einen verlegenen Blick zu. «Tut mir Leid. Dieser Abzugsmechanismus ist anders als der, den ich gewohnt bin.» Sie schwieg, dann fügte sie in versöhnlicherem Ton hinzu: «Vielleicht kannst du mir, wenn dies hier vorbei ist, zeigen, wie sie funktioniert.»

Buffy stieß einen Seufzer aus. «Wenn das hier vorbei ist, denke ich an Ananaspizza und einen tollen Teenie-Videoabend – am besten mit einem alten Horrormovie.»

«Mir ist es nicht erlaubt fernzusehen», sagte Kendra.

«Mein Wächter sagt, es leistet der geistigen Faulheit Vorschub.»

Buffy starrte sie ungläubig an. «Und er meint, das wäre was Schlimmes?»

Beide fuhren herum, als Xander Giles zurief: «Hier haben wir ihn ja!» Er deutete aufgeregt in das Buch. *«I'm the Bug Man, coo-coo coo-chu.»*

Es war in der Tat eine altertümliche Zeichnung des Mannes, der nun als Mr. Pfister die Straßen unsicher machte. Er hatte ein Mondgesicht und sah weder auffällig noch bedrohlich aus. Aber eine Detailvergrößerung der Zeichnung am Rand der Seite zeigte jede einzelne Wellenlinie seiner wurmhaften Zusammensetzung.

Xander zog eine Grimasse. Er fuhr mit dem Finger die Seite entlang und meinte: «Okay. Okay. Er kann nur getötet werden, wenn er sich im Zustand der Auflösung befindet.»

Cordelia blickte ihn an. Er beugte sich zu ihr und sprach mit ihr, als wäre sie eine Dreijährige.

«Aufgelöst.» Er betonte jede Silbe. «Das bedeutet, wenn er in all seine einzelnen Ungezieferteile zerfallen ist.»

Cordelia riss ihm das Buch aus der Hand. «Ich weiß, was es bedeutet, du Trottel.»

«Trottel?» Xander versuchte, ihr das Buch wieder zu entreißen. «Du schlägst mich mit Worten, Weib.»

Die Spannung war fast mit Händen greifbar. Willow und Giles schauten erst die beiden und dann sich an. Sie verstanden überhaupt nicht, was da los war.

Kendra blickte Buffy ernst an. «Du lebst ganz anders als ich.»

«Ach, du meinst dann, *wenn* ich gelegentlich mal lebe? Ja, ich schätze schon.»

«Das, was du hast und bist ...», begann Kendra. «Ich wurde nach meiner Berufung von allem getrennt – von Freunden, von der Schule, sogar von meiner Familie.»

«Was meinst du damit – sogar von deiner Familie?»

Mit ernster Miene schritt Kendra durchs Zimmer. «Meine Eltern schickten mich zu meinem Wächter, als ich noch sehr jung war.»

«Wie jung?», wollte Buffy wissen.

«Ich kann mich tatsächlich nicht mehr an sie erinnern. Ich habe Fotos von ihnen gesehen, aber bei meinem Volk wird die Berufung eben sehr ernst genommen. Meine Mutter und mein Vater übergaben mich der Obhut des Wächters, weil sie glaubten, das Richtige für mich – und für die Welt – zu tun.» Kendra sah sie an. «Verstehst du?»

«Oh. Ich bin ...»

Buffy wusste nichts dazu zu sagen. Als Kendra den Schock und das Mitleid in Buffys Augen sah, wurde sie sofort wieder abweisend.

«Bitte», sagte sie mit fester Stimme. «Ich bemitleide mich nicht. Warum sollte ich?»

Und ich dachte, mir ging's schlecht! Buffy dachte einen Moment nach. «Es hört sich nur so einsam an.»

«Gefühle sind eine Schwäche, Buffy», erklärte Kendra nicht unfreundlich. «Du solltest sie nicht zulassen.»

Buffy sah überrascht drein. «Was?! Kendra, meine Gefühle verleihen mir Stärke.»

«Vielleicht», erwiderte Kendra zweifelnd. «Aber ich ziehe es vor, einen kühlen Kopf zu bewahren.»

Sie nahm einen Dolch in die Hand und begann ihn zu polieren. Lange Zeit sah Buffy sie stumm an. Dann zuckte sie mit den Achseln.

«Tja. Ich schätze, das erklärt alles.»

Kendra blickte auf. «Das erklärt was?»

«Ich meine, als wir gekämpft haben. Du bist unglaublich. Deine Technik. Sie ist brillant. Viel besser als meine …»

«Ich weiß.»

Buffy wurde langsam wieder wütend, schaffte es aber, die Ruhe zu bewahren. «Und doch», seufzte sie, «hätte ich dir am Ende in den Hintern getreten. Und weißt du auch, warum? Weil du keine Vorstellungskraft hast.»

Kendra runzelte die Stirn. Sie polierte den Dolch heftiger.

«Ach ja? Meinst du wirklich?»

«Ja. Du bist gut. Aber Stärke allein reicht nicht aus. Eine große Kämpferin schwimmt mit dem Strom – sie passt sich an. Sie weiß, wann sie improvisieren muss.» Buffy lehnte sich zurück und betrachtete Kendra neugierig. «Versteh mich nicht falsch, ich meine, du hast schon das Potenzial …»

«Das Potenzial?» Kendra legte den Dolch hin und baute sich drohend vor Buffy auf. «Ich könnte gleich hier und jetzt den Boden mit dir wischen.»

Sie blitzten sich an. Dann grinste Buffy.

«Du kannst also Wut fühlen …»

Das traf Kendra völlig unvorbereitet. «Was?»

«Du spürst es, stimmt's? Wie die Wut dir Kraft verleiht?» Buffy nickte weise. «Eine Jägerin braucht das.»

In diesem Augenblick kam Xander herein und schnappte sich ein Buch von Giles' Schreibtisch. Kendra erstarrte sofort zur Salzsäule und schlug schüchtern die Augen nieder.

«Entschuldigung, Ladys», meinte Xander lässig. Er sah Kendra an. «Hübscher Dolch.»

Als er hinausgegangen war, betrachtete Buffy mitleidig das stumme Mädchen. «Schätze, Dates stehen bei deinem Wächter nicht sehr hoch im Kurs.»

«Es ist mir nicht erlaubt, mit Jungen zu sprechen», gab Kendra zu.

Buffy konnte nicht umhin zu grinsen. «Außer, wenn du auf sie einschlägst, was?» Dann riss sie plötzlich die Augen weit auf. «Warte mal …»

«Was?»

«Dieser Typ», sagte Buffy. «Dieser Drecksack, den du in der Bar fast umgehauen hast.»

Kendra war verblüfft. «Glaubst du, er könnte uns helfen?»

«Ich denke, wir können ihn dazu bringen.»

Einundzwanzig

Angel war vor Schmerzen fast ohnmächtig.

Drusilla kniete vor ihm, hatte ein Knie zwischen seine langen Beine geschoben und hielt die gefürchtete Flasche Weihwasser vor seine Augen. Neckend schwenkte sie sie hin und her.

«Sag Onkel …»

Schwach wandte er den Kopf ab.

«Oh, das ist fein.» Sie lächelte verstohlen. «Du hast meinen Onkel *ermordet.*»

Wieder spritzte sie Wasser auf seine Brust und weidete sich an seinem Schmerz. Hinter ihr betrat Spike den Raum und sah sofort, wie nah seine Liebste bei ihrem ehemaligen Geliebten saß. Das gefiel ihm überhaupt nicht.

«Das reicht jetzt!», sagte er streng. «Ab in die Kirche!»

Drusilla blickte mit Unschuldsmiene zu ihm auf. Sie hielt ihm die Flasche mit dem Weihwasser hin.

«Das macht hübsche Flecken», lächelte sie.

Sie stand auf, um ihm einen Kuss zu geben, aber Spike reagierte nicht. Im Augenblick war er an etwas anderem interessiert.

Er wandte sich Angel zu, um die Fesseln zu lösen. Angel hatte Spike in den Raum kommen sehen und das Aufblitzen von Eifersucht und Verrat in seiner Miene gelesen. Und nun begann in seinem Kopf ein Plan Gestalt anzunehmen, der ihm vielleicht die Freiheit bringen würde.

Es tut mir so Leid, Buffy …

Er holte schaudernd Luft. Er musste den richtigen Zeitpunkt abwarten.

«Ich werde ihn noch früh genug sterben sehen», sagte Spike, während er Angels Hände losband. «Ich war noch nie ein Anhänger des Vorspiels.»

Dies war die Gelegenheit. Ohne zu zögern, ergriff Angel seine Chance.

«Schade», flüsterte er Spike zu. «Drusilla hat *das* immer am besten gefallen, wenn ich mich recht erinnere.»

Spike hielt inne. Ganz langsam richtete er sich auf.

«Was soll das heißen?»

Angel blickte Drusilla an. Seine Stimme klang lüstern. «Frag sie doch. Sie weiß schon, was ich meine.»

Drusilla wusste es tatsächlich. Ein Lächeln stahl sich auf ihr Gesicht, als sie sich erinnerte.

«Nun?», forderte Spike Drusilla auf. Er drehte sich zu ihr um.

Drusilla drohte Angel mit dem Finger. «Schhhh. Du schlimmer Kerl», gurrte sie verspielt.

«Du solltest mich reden lassen, Dru», spöttelte Angel und verzog das Gesicht vor Schmerz. «Klingt so, als hätte dein Liebster hier ein paar Tipps nötig.» Er warf Spike einen schrägen Blick zu. «Sie mag es, wenn man sie quält …»

«Halt's Maul!», brüllte Spike.

Er hatte genug, mehr als genug. Er musste nicht erst an Drus und Angels gemeinsame Vergangenheit erinnert werden. Brutal riss er Angel am Nacken hoch und schleuderte ihn gegen einen Bettpfosten.

Angel konnte sich kaum auf den Beinen halten. Er war keineswegs in der Verfassung zu kämpfen. Dennoch gab er nicht auf. «Achte nur gut auf sie, Spike! So wie sie mich gerade berührt hat, kann ich dir mit Sicherheit sagen, dass sie nicht befriedigt ist ...»

«Ich sagte, halt's Maul!», rief Spike.

«Oder vielleicht habt ihr beiden nicht mehr das Feuer wie wir früher ...»

«Das reicht!!»

Spike schloss seine Hand fester um Angels Hals. Mit der anderen Hand tastete er nach einem Kerzenleuchter, warf ihn zu Boden, sodass er zerbrach, und griff sich eines der Bruchstücke, das einem spitzen Pflock ähnelte.

Er holte mit dem Arm aus. Angel sah den Pflock – sein Ende schien nur noch einen Herzschlag entfernt zu sein ...

«Spike, nein!», schrie Drusilla.

Da verharrte Spike mitten in der Bewegung. Eine ganze Weile starrte er Angel mit irrem Blick an. Dann breitete sich ein Lächeln auf seinen Zügen aus.

«Genau», murmelte er. «Ja, ja, fast hättest du mich drangekriegt.»

Er legte den Pflock weg und versuchte sich zusammenzureißen.

«Bist du etwa so ein Trottel geworden, der sich selber den Löwen vorwirft?», lachte er. Dann brüllte er wie ein wildes Tier in Angels gequältes Gesicht: «Tja, die Löwen sind hinter dir her, Baby! Wenn ich dich jetzt töte, geht's schnell, und Drusilla hat keine Chance mehr. Und wenn Dru stirbt, braucht deine kleine Rebecca von der Sunnyhell-Farm mit all ihren Gefährtinnen gar nicht erst zur Coming-out-Party zu kommen.»

Drusilla versetzte ihm einen leichten Rippenstoß. Ihre Augen glühten vor lauter Vorfreude.

«Spike, es ist so weit. Der Mond.»

Sie schmiegte sich an ihn, als er beschützend den Arm um sie legte.

«So ein Pech, Angelus», sagte Spike selbstgefällig. «Sieht so aus, als müsstest du doch auf die harte Tour krepieren – wie der Rest dieser armseligen Stadt.»

Zweiundzwanzig

Buffy schleuderte Willy mit voller Wucht gegen die Theke, während Kendra ruhelos auf und ab schritt.

«Ehrlich!», beteuerte Willy. «Ich weiß wirklich nicht, wo Angel ist!»

«Was ist mit diesem Ritual heute Nacht?», fragte Buffy schroff. «Was weißt du darüber?»

«Nichts. Ist bloß so ein Gerücht ...»

Kendra wurde ungeduldig. «Schlag ihn doch einfach, Buffy.»

«Pass auf.» Willy hielt vorsichtig eine Hand hoch. «Vielleicht hab ich ja etwas über ein Ritual gehört. Ja, jetzt dämmert's mir wieder. Aber ich ... ich müsste euch hinbringen.»

Buffy zerrte ihn Richtung Tür. «Dann los.»

Aber Kendra hielt sie auf. «Zuerst müssen wir zu deinem Wächter zurückkehren.»

«Wie bitte?» Buffy sah sie ungläubig an. «Wenn wir jetzt zuerst zu Giles laufen, kommen wir vielleicht zu spät.»

«Aber so ist es vorgeschrieben!»

«Es ist hirnrissig, meinst du wohl! Wenn wir uns jetzt nicht beeilen, wird es bald keinen Angel mehr geben.»

«Ist das alles, worum du dir Sorgen machst?» Kendra richtete sich empört auf. «Um deinen Freund?»

«Das ist nicht alles», konterte Buffy. «Aber genug.»

Kendra sah sie angewidert an. «Es ist so, wie ich befürchtet habe. Er verwirrt dein Urteilsvermögen. Wir können dieses Ritual nicht allein aufhalten.»

«Er wird sterben ...»

«Er ist ein *Vampir*. Er *soll* sterben! Warum bin ich die Einzige, die das begreift?»

Sie war mit ihrer Geduld am Ende. Während sie in Kampfstellung ging, sah sie einen Ausdruck kaltblütiger Entschlossenheit in Buffys Gesicht. Die Tatsachen hatten ihr schwer zugesetzt – und Kendra wusste das.

Er ist ein Vampir. Er soll sterben.

Ohne ein weiteres Wort packte Buffy Willy am Genick und schob ihn vor sich her durch die Tür.

Enttäuscht sah Kendra sie abziehen. «Bist du solch ein Dummkopf?», rief sie Buffy hinterher.

Buffy sah sich noch ein letztes Mal nach Kendra um. In ihren Augen spiegelten sich Hass und Mordlust.

«Viel Glück dann», murmelte Kendra.

Buffy hörte die Abschiedsworte nicht. Ihre Gedanken, ihre Gefühle waren bei Angel.

Sie folgte Willy durch ein Gewirr dunkler Gassen im ältesten Viertel der Stadt, einem wahren Friedhof voller leer stehender Häuser und Läden. Ein paar Blocks weiter blieb

Willy vor einer alten, verlassenen Kirche stehen. Er blickte Buffy über die Schulter an, dann führte er sie hinein.

Buffy fand sich in einem düsteren Vestibül wieder. Ihre Schritte erzeugten einen hohl klingenden Hall, und ihr Atem drang wie raues Flüstern in die verborgenen Winkel.

Willy führte sie zu einer Ecke, in der schwarze Schatten hingen.

Buffy folgte ihm dicht auf den Fersen. Sie hatte nicht erwartet, dass der Schatten sich teilen, dass vier Gestalten sich unvermittelt aus der Dunkelheit lösen würden.

Xanders Mr. Pfister, die Police Lady, zwei von Spikes Spießgesellen …

Bevor Buffy reagieren konnte, hatten die vier sie eingekreist.

Willy wandte sich mit öligem Grinsen an einen der beiden Vampire. «Bitte sehr», sagte er. «Jetzt sagt nicht mehr, dass euer Freund Willy euch nicht in der Not zu Hilfe kommt.»

Dreiundzwanzig

Das Ritual näherte sich seinem Höhepunkt.

Fackelschein flackerte über die Wände der alten Kirche und spiegelte sich in den schmutzigen Bleiglasfenstern. Dunkle Gestalten kauerten, in stummer Anbetung versunken, auf dem Boden. Spike schwang das Räuchergefäß, atmete den schweren Rauch ein und las mit erhobener Stimme aus dem entzifferten Manuskript vor.

«Eligor, ich rufe dich an», intonierte er. Sein dämonisches Vampirgesicht war starr wie eine Maske. «Du, der du Krieg, Gift, Aussatz und Lasterhaftigkeit bringst!»

Angel und Drusilla standen vor ihm. Mitten auf dem Hochaltar schwankten sie hin und her, die Gesichter einander zugekehrt, mit Lederbändern aneinander gefesselt. Drusilla trug ein Gewand in königlichem Schwarz. Sie hatte den Kopf zurückgeneigt und blickte zu Angel auf. Ihre Miene drückte träumerische Erwartung aus.

«Eligor, grausamer Meister des Verderbens, sende uns deine schwarze Medizin. Komm und belebe dein gottloses, mordgieriges Kind.»

Spikes Hände hielten die Reliquie hoch. Er fingerte am Standbalken des Kreuzes und zog einen verborgenen Dolch wie aus einer Scheide heraus. Dann stieg er die Stufen zum Altar hinauf und trat mit einem bösartigen Lächeln auf das gefesselte Paar zu.

Er hob ihre aneinander gebundenen Hände in die Höhe, und nun tönte seine Stimme lauter, zitternd vor entfesselter Leidenschaft.

«Aus dem Blute des Meisters ist sie auferstanden! Vom Blute des Meisters wird sie von neuem auferstehen!»

Mit einer blitzschnellen Bewegung führte er den Dolch. Die Klinge durchbohrte beide Hände zugleich. Sie wurden durch einen Blutstrom verbunden – und durch eine übernatürliche Kraft, die mächtig und Furcht erregend zwischen ihnen hin- und herfloss.

Angel stieß einen Schrei aus. Drusilla wand sich in äußerster Qual und genoss ihren Schmerz.

Voller Freude klatschte Spike in die Hände, als er sah, wie der Dämonenzauber den Raum mit Funken erfüllte. Blitzende Pfeile schnellten hierhin und dorthin.

«Und jetzt», verkündete er, «werden wir sie kochen und eine Weile weiterschmoren lassen …»

Plötzlich flogen hinter ihm krachend die Türen auf. Spike

wirbelte herum und sah Willy. Im Schlepptau hatte er Buffy, die von seinen bösen Getreuen weitergezerrt wurde. Spike starrte sie völlig überrascht an.

«Heute ist Zahltag, Kumpel», rief Willy großspurig. «Ich habe deine Jägerin erwischt.»

Spike überwand seinen Schreck. Wütend ging er Willy entgegen. «Bist du völlig übergeschnappt? Du bringst sie hierher – *jetzt*?»

Während die beiden sich stritten, strengte Buffy all ihre Sinne an, um im Dunkel der Kirche etwas ausfindig zu machen. Zuerst glaubte sie, Angel sei gar nicht da, aber dann entdeckte sie den Altar und das schaurige Bild, das sich dort bot.

Buffy fühlte, wie ihr schlecht wurde.

Angel …

Angel war so benommen, dass er ihre Anwesenheit nicht wahrnahm.

«Du sagtest doch, du willst sie haben …», begann Willy, aber Spike schnitt ihm das Wort ab.

«Unter der *Erde*, du Schwachkopf! Ich wollte sie *tot*!»

Willy wurde allmählich unbehaglich zumute. «Das ist aber nicht das, was ich gehört habe. Es hieß, dass es ein Kopfgeld für sie gäbe, ob tot oder lebendig …»

«Da hast du falsch gehört, Willy.»

«Angel», flüsterte Buffy.

Spike hatte es vernommen. Er folgte ihrem Blick.

«Ja.» Seine Stimme war voll von falschem Mitleid. «Es macht mich auch ganz fertig, die beiden so zu sehen. Aber noch fünf Minuten, und Angel wird tot sein, das schwöre ich.»

Er schwieg einen Moment. Seine Miene verriet die Belustigung, die er empfand.

«Aber mach dir nicht zu viele Sorgen um Angel. Er hat etwas, das du nicht hast.»

«Was?», fragte Buffy.

«Noch fünf Minuten. Patrice?»

Sofort hob die Polizistin ihre Pistole an Buffys Schläfe. Buffy machte sich auf den Knall gefasst, doch stattdessen hörte sie etwas anderes explodieren – und zwar aus einer ganz anderen Ecke der Kirche.

Die Türflügel wurden mit solcher Kraft aufgestoßen, dass eine Tür aus den Angeln gehoben wurde. Kendra vollführte einen Handstandüberschlag durch das ganze Kirchenschiff. Bevor jemand Zeit hatte zu reagieren, rammte sie die Police Lady und riss sie um. Im gleichen Atemzug entwand sie ihr die Pistole und schleuderte sie beiseite.

«Wer zum Teufel ist denn das?», rief Spike.

Als seine Spießgesellen sich verwirrt ansahen, riss Buffy sich los.

«Heute ist dein Glückstag, Spike.»

Kendra sprang ihn von hinten an. «Wir sind nämlich *zwei* Jägerinnen!»

Ihr Schlag ließ Spike um die eigene Achse wirbeln – geradewegs auf Buffy zu.

Buffy versetzte ihm einen noch härteren Schlag und schickte ihn zu Kendra zurück.

Kendra holte wieder aus, aber Spike duckte sich und lenkte sie mit Boxhieben ab, während sich die Polizistin auf Buffy stürzte. Messer sprangen aus den Ärmelaufschlägen ihrer Uniform hervor und glänzten gefährlich im Fackelschein.

Die anderen Vampire griffen nun auch in das Getümmel ein. Als sie ihre Klauen nach Buffy und Kendra ausstreckten, taumelte plötzlich einer der beiden mit einem Pfeil im Rücken nach vorne. Hinter ihm standen Giles mit der Armbrust und rechts und links von ihm Willow und Xander, ebenfalls bewaffnet. Xander stieß einen Schrei aus.

«Hey, Larvengesicht!»

Mr. Pfister wandte sich um. Er blickte Xander verbindlich lächelnd an.

«So ist's recht», rief Xander. «Mit dir rede ich, du große Laus.»

Als Mr. Pfister langsam auf ihn zuschritt, raste Xander ins Vestibül und warf die schwere Eichentür hinter sich zu. Sogleich legte Mr. Pfister seine menschliche Gestalt ab und zerfiel in eine wimmelnde Masse von Würmern.

Xander und Cordelia waren bereit.

Als die Würmer unter dem Portal durchkrochen, sprang Cordelia hervor und begutachtete ihr Werk: Sie hatte eine dicke Schicht Flüssigklebstoff auf den Boden gestrichen, auf der die Würmer hängen blieben.

«Willkommen, meine Hübschen!» Xander stieß ein irres Kichern aus. «Miez miez miez!»

Unverzüglich begann er auf den Boden zu stampfen. Cordelia zögerte zuerst, aber dann begann auch sie zu stampfen – zuerst vorsichtig, doch dann mit ungebremster Begeisterung.

«Krepiert!», schrie sie und rammte ihre Absätze in den Klebstoff. «Weg mit euch!»

Xander blickte auf den glitschigen Boden. «Ich glaube, er ist jetzt tot, Cordy.»

Auf der anderen Seite der Tür hörten sie Kampfgeräusche.

Nicht weit vom Altar entfernt kämpfte Kendra gegen Spike. Sie war blitzschnell, aber Spike hatte viel mehr Kraft. Nach ein paar vernichtenden Schlägen musste sie den Rückzug antreten, während Buffy zu sehr mit der Police Lady beschäftigt war, um helfen zu können. Buffy wandte ihre klügsten Kniffe an, entging aber jedes Mal nur knapp den tödlichen Messern. Sie blickte zu Kendra hinüber und schrie: «Tauschen!»

Die beiden Jägerinnen stellten sich Rücken an Rücken. Wie auf ein geheimes Signal ergriff Buffy Kendra an beiden Armen, und zusammen vollführten sie einen doppelten Überschlag. Kendra flog geradewegs auf die Polizistin zu – und Buffy landete vor Spike.

«Ich kämpfe ja auch viel lieber mit dir», grinste der.

«Das beruht auf Gegenseitigkeit.»

Der letzte von Spikes Getreuen baute sich vor Giles auf und schlug ihm die Armbrust aus der Hand. Als die beiden zu ringen begannen, sprang Willow dem Vampir auf den Rücken.

Buffy schleuderte Spike gegen die Wand. In dem Moment wollte Willy vorbeischleichen, um zu entkommen. Doch Spike streckte den Arm aus und hielt ihn fest.

«Wo willst du hin?»

Willy suchte verzweifelt nach Worten. «Das ist alles irgendwie nicht meine Schuld.»

«Sie haben dich reingelegt?», zischte Spike.

«Sie haben ein doppeltes Spiel gespielt!», stimmte Willy wütend zu.

«Tja», tröstete ihn Spike, «ich werde dich aber nur einmal umbringen – und zwar jetzt.»

Aber dann sah er Buffy.

Sie war auf den Altar geklettert und hatte den Griff des Messers gepackt. Verzweifelt versuchte sie, das Messer aus den Händen der beiden Gefesselten zu ziehen.

Spike griff sie von hinten an. Beide gingen polternd zu Boden.

Willy sah seine Chance und raste davon. Er rannte an Giles und Willow vorbei, die gerade den letzten der Vampire erledigten.

«Halten Sie ihn fest!», befahl Willow. Während Giles den um sich tretenden Vampir umklammert hielt, trieb Willow einen Pflock in sein Herz. Prompt explodierte die Kreatur vor Giles' Gesicht. Hastig wischte Willow den Staub von seinen Kleidern.

Willy hörte den Todesschrei des Vampirs, aber er raste unbeirrt weiter. Fast wäre er mit Xander und Cordelia zusammengestoßen, die in diesem Moment hereinkamen, um den anderen beizustehen.

Unter der Orgelempore lieferten sich Kendra und die Polizistin noch immer einen erbitterten Kampf. Als Kendra wieder einmal auswich, um den Messern zu entgehen, versetzte die Police Lady ihr einen brutalen Stoß und schleuderte sie gegen einen Holzpfeiler. Kendra kam schnell wieder auf die Beine. Eine feine Staubwolke senkte sich auf ihre Schultern. Sie blickte zur Empore hoch. Der Holzpfeiler trug allein die gesamte Last der Empore, und er wackelte jetzt gefährlich.

In diesem Bruchteil einer Sekunde, in dem Kendra abgelenkt war, sprang die Polizistin nach vorn. Sie verpasste Kendra einen Schnitt am Arm, aus dem es sofort heftig zu bluten begann.

Kendra starrte auf ihren Ärmel. «Das ist mein Lieblings-Shirt!», schimpfte sie. Und, nach einem Moment des Nachdenkens: «Mein *einziges*!»

Sie segelte mit einem Hagel von Schlägen auf die Police Lady zu und schaffte es schließlich, sie unter der Empore auf den Rücken zu werfen.

Auf dem Altar hatte Spike inzwischen einen besonders

gemeinen Schlag ausgeteilt. Während Buffy versuchte, wieder zu sich zu kommen, nutzte er die Gelegenheit, um sich einen Überblick über die Situation zu verschaffen. Ganz klar, er war in der Unterzahl. Er dachte einen Moment nach, dann ergriff er den Dolch und zog ihn heraus. Er durchtrennte die Fesseln und fing Drusilla auf, während Angel zu Boden sackte.

«Tut mir leid, mein Liebes, wir müssen gehen.» Er nahm Drusilla auf seine Arme. «Ich hoffe, es hat gereicht ...»

Er griff eine Fackel vom Altar und schleuderte sie auf Buffys Freunde. Die Fackel verfehlte ihr Ziel, aber sie fiel auf einen Haufen alter Vorhänge. Sofort ging der mürbe Stoff in Flammen auf.

Er musste Dru hier herausbringen. Rasch trug Spike sie in den hinteren Teil der Kirche unter die Orgelempore.

Inzwischen hatte sich Buffy erholt. Außer sich vor Wut, sprang sie auf, schnappte sich das Weihrauchgefäß und schwang es über ihrem Kopf. Dann warf sie es mit aller Kraft über die ganze Breite des Kirchenschiffs.

Das Räucherfass traf Spike am Kopf.

Er stolperte vorwärts und prallte gegen den Holzpfeiler, der die Orgelempore trug. Ein tiefes Ächzen hallte durch die Kirche. Dann brach die Empore ab und begrub Spike und Drusilla unter sich.

Buffy starrte auf die Stelle, wo Spike eben noch gestanden hatte. «Ich bin ... *gut*», sagte sie stolz.

«Sie ist *gut*», sagte auch Kendra, als müsste sie Buffys Freunde davon überzeugen.

Buffy drehte sich wieder zum Altar um. Während die anderen blinzelnd in den dichten Qualm starrten, kniete sie neben Angel nieder und nahm ihn in die Arme. Sie legte sanft eine Hand auf seine Wange. Sie streichelte sein Gesicht, seinen Hals, sein Haar, versuchte ihn zu trösten, auch wenn sie nicht sicher war, ob er sie überhaupt hören konnte.

«Es wird alles gut», versprach sie immer und immer wieder. «Es wird alles gut ...»

Angels Lider flatterten. «Buffy?», flüsterte er.

Buffys Augen füllten sich mit Tränen. Kendra kniete neben ihr nieder.

«Bringen wir ihn hinaus», sagte sie leise.

Zusammen hoben sie Angel hoch und trugen ihn in Richtung Tür. Hinter ihnen wütete das Feuer immer stärker und kroch langsam auf den Trümmerhaufen der Orgelempore zu.

Vierundzwanzig

Als Willow am nächsten Morgen ins PZ kam, entdeckte sie Oz vor dem Snack-Automaten. Er trug seinen Arm in einer Schlinge. Als er sie hereinkommen sah, hellte sich sein Gesicht auf.

«Oh. Hey», begrüßte er sie. Dann fischte er eine Schachtel aus dem Schacht des Automaten und hielt sie ihr hin. *«Animal Cracker?»*

«Nein, danke», lächelte Willow. «Wie geht's deinem Arm?»

«Plötzlich gut.»

«Kannst du jetzt noch Gitarre spielen?»

Oz zuckte mit den Schultern. «Nicht sehr gut – aber auch nicht schlechter als vorher.»

Sie gingen gemeinsam den Flur entlang. Oz hatte Mühe, die Crackerschachtel zu öffnen. Willow überlegte, wie sie formulieren sollte, was sie ihm sagen wollte.

«Weißt du», begann sie mutig, «ich habe mich noch gar nicht richtig bei dir bedankt.»

Oz sah ein wenig verlegen drein. «Ach, bitte nicht. Ich hasse dieses Dankesagen. Ich werde dann immer ganz rot und muss die Schule schwänzen. Das ist nicht so toll.»

«Dann vergiss die ganze Sache», sagte Willow. Sie nahm ihm die Schachtel aus der Hand, riss sie auf und gab sie ihm zurück. «Besonders den Teil, wo ich dir sozusagen mein Leben verdanke …»

«Guck mal», unterbrach Oz sie verlegen. Er fischte ein Plätzchen aus der Schachtel. «Der Affe. Er trägt ein Hütchen. Und Hosen.»

Wieder musste Willow lächeln. Seine Ablenkungsmanöver amüsierten sie.

«Ja», stimmte sie zu. «Ich seh's.»

«Der Affe ist das einzige Tier in dieser Schachtel, das Klamotten anhat, wusstest du das?», belehrte Oz sie, dann sagte er unvermittelt: «Du hast das schönste Lächeln, das ich je gesehen habe.»

Willow erschrak, aber Oz fuhr unbeirrt fort.

«Und so frage ich mich: Fühlen sich die anderen Tiere nicht vielleicht benachteiligt? Stell dir mal vor, das Nilpferd sagt: ‹Mann, wo sind denn meine Hosen? Ich habe doch auch meine Nilpferdwürde.›»

Lachend entfernten sich die beiden.

Xander lief den Flur entlang, als er plötzlich Cordelia sah. Als sich ihre Blicke trafen, drehte sich jeder auf dem Absatz um und stürmte in die andere Richtung davon. Doch dann blieb Xander stehen. Er drehte sich wieder um und lief Cordelia hinterher.

«Wir müssen reden», sagte er ernst, als er sie eingeholt hatte.

Ehe Cordelia antworten konnte, hatte er sie in ein leeres Klassenzimmer geschoben.

Dort warfen sie einander aus gehörigem Abstand argwöhnische Blicke zu.

«Okay», fing Xander an. «Folgendes: Es gibt keinen Grund, warum wir immer wegrennen müssen, wenn wir uns irgendwo auf dem Flur sehen.»

«Stimmt.» Cordelia nickte nachdrücklich. «Okay.» Sie überlegte einen Moment. «Und warum sollten wir nicht rennen?»

Xander holte tief Luft. «Was da passiert ist ... Also, es gibt eine ganz vernünftige Erklärung dafür ...»

«Du bist ein Perverser?»

«Ich?» Xander blickte sie erschrocken an. «Wenn ich mich recht erinnere, warst *du* doch diejenige, die mich angesprungen hat!»

«So ein Quatsch! Du hattest das wahrscheinlich schon seit Monaten geplant.»

«Na klar. Ich habe einen lettischen Wurmmann angeheuert, der Buffy umbringen soll, bloß weil ich darauf scharf war, dich *einmal* zu küssen!» Er klang fassungslos. «Ich mache dir ja nicht gern deine Seifenblasen kaputt, aber du inspirierst mich nicht gerade dazu, dir ein Abendessen in *Buckys Fondue Hut* zu spendieren.»

«Dann ist es ja gut!», gab Cordelia zurück. «Wie auch immer. Es geht nur darum, dass du es nie mehr versuchst ...»

«Ich hab es nicht *versucht*! Vergiss diese Würmer. Allein der Gedanke an deine Lippen auf meinen lässt mir das Blut gefrieren ...»

«Wenn du es wagst, ein Wort davon zu erzählen ...»

«Als ob ich jemals auch nur auf den Gedanken käme!»

Cordelia warf den Kopf zurück. «Dann ist es also vergessen?»

«Ist nie passiert», sagte Xander mit Nachdruck.

«Gut.» Cordelia grinste.

«Gut!»

Sie fielen einander in die Arme.

Vor der Sunnydale High spazierten Buffy und Kendra auf die Straße zu.

«Danke für das Shirt», sagte Kendra. Sie trug eines von Buffys trägerlosen Tops, das ihr erstaunlich gut stand. «Das ist sehr großzügig von dir.»

Buffy lächelte sie freundlich an. «Oh, ähm, mir steht es besser, aber mach dir nichts draus.»

Das Verhältnis zwischen ihnen hatte sich entspannt. Kendra lächelte sogar über die Beleidigung.

«Also, wenn du zum Flughafen kommst ...», fing Buffy an, aber Kendra wusste schon, was sie sagen wollte.

«Dann steige ich ins Flugzeug. Und setze mich auf meinen Platz. Nicht in den Gepäckraum.»

Buffy nickte. «Sehr gut.»

«Das ist dann aber keine Undercover-Reise», gab Kendra zu bedenken.

«Ganz genau», bestätigte Buffy. «Entspann dich mal. Du hast es dir verdient. Du sitzt bequem auf deinem Platz. Knabberst Erdnüsse. Siehst dir einen Film an – außer es ist einer über einen Hund oder mit Chevy Chase.»

«Ich werde dran denken.»

Sie blickten zum Bordstein, wo Kendras Taxi wartete. Buffy sah Kendra lange und forschend an.

«Ich danke dir», sagte sie schließlich. «Weil du mir geholfen hast, Angel zu befreien.»

Kendra schaute amüsiert. «Ich werde meinem Wächter nichts davon erzählen. Es ist schon seltsam, wenn eine Jägerin einen Vampir liebt.»

«Da sagst du was.»

«Und doch», meinte Kendra, «er ist schon toll.»

«Dann werden sie mich wohl nicht feuern, weil ich mit ihm ausgehe.»

Kendra schien Buffy genau zu studieren. «Du tust das echt immer!»

«Was?»

«Du redest darüber, als ob es eine Art Job wäre. Das ist es aber nicht. Du *bist* die Jägerin.»

Buffy blickte zu Boden. Dann sah sie Kendra an. «Hast du das aus dem Handbuch?»

Kendra schüttelte den Kopf. «Von dir.»

«Ich schätze, ich kann nicht dagegen ankämpfen», sagte Buffy. «Bin nun mal eine Laune der Natur.»

«Aber nicht die einzige.»

Buffy fixierte Kendra, dann schüttelte sie den Kopf und grinste. «Nicht mehr.»

Ein unbehagliches Schweigen entstand. Instinktiv trat Buffy einen Schritt vor, um Kendra in die Arme zu nehmen, aber die andere Jägerin wurde plötzlich ganz steif und wich zurück.

«Ich mag das nicht.»

«Nein», meinte Buffy verlegen. «Gut so. Ich hasse das auch – dieses sentimentale Getue.»

Sie sah zu, wie Kendra ins Taxi stieg. Der Wagen fuhr los. Sie blickte ihr nach, bis sie außer Sicht war.

Epilog

Das Feuer war endlich erloschen.

In der alten Kirche war alles verbrannt. Zwischen den angekohlten Trümmern hing grauer Qualm.

Sie wirkte wie ein Grab.

Doch als die stockfinstere Nacht dem Zwielicht der Morgendämmerung wich, wurde die Stille durch einen Laut gestört. Ein leises Stöhnen tönte aus den rauchenden Trümmern der Orgelempore. Und eine bleiche, rußgeschwärzte Hand tastete sich unter dem Gebälk hervor.

Drusilla streckte ihre Hand aus.

Sie griff fest zu und begann mit aller Kraft zu ziehen.

Sie war nun wieder ein kräftiger Vampir – strotzend vor Stärke und Gesundheit. Mühelos räumte sie die verkohlten Trümmer beiseite, bis sie endlich Spike entdeckte, der darunter begraben lag.

Sein Körper war schlaff. Das Feuer hatte ihn grässlich zugerichtet.

Drusilla beugte sich über ihn und wischte ihm vorsichtig die Asche aus dem Gesicht. Nun sah sie, dass er immer noch atmete. Er war bewusstlos, aber er lebte.

«Keine Sorge, mein Herz», flüsterte sie. «Ich werde dafür sorgen, dass du wieder stark wirst.»

Sie spürte ihre eigene Kraft wie eine mächtige Welle. Sie nahm Spike auf einen Arm und hob ihn hoch, als sei er ein Spielzeug.

«So stark wie ich», versprach sie ihm, als sie ihn aus der Kirche trug.

Und sie lächelte.

Die Chroniken:

Epilog

Asche zu Asche ... Staub zu Staub ...

Angel kniete neben den verkohlten Überresten der Orgelempore. Er nahm etwas Asche vom Boden auf und ließ sie durch seine Finger rieseln.

Es war noch nicht vorbei.

Er wusste, dass Spike und Drusilla irgendwo dort draußen waren und auf eine neue Gelegenheit warteten. Und dann würden sie gefährlicher sein als je zuvor.

Meine Schuld, dachte er traurig. *Das ist alles meine Schuld.*

Er spürte immer noch, wie der Dolch in seine Hand gefahren war, er spürte das Weihwasser, das ihm die Brust verätzt hatte. Er entsann sich der Benommenheit, die ihn überkommen hatte, und der Hilflosigkeit, als er Buffy in der Kirche um ihr Leben kämpfen sah und ihr nicht helfen konnte.

Meine Schuld, dachte er wieder und kämpfte gegen die Tränen an.

Seinetwegen hatte Buffy ihr Leben aufs Spiel gesetzt. Seinetwegen hatte Drusilla das ihre für immer verloren. Und hatte er im Laufe seines Lebens nicht schon genug Qualen erlitten – musste er jetzt auch noch Buffy mit hineinziehen?

Asche zu Asche ...

Liebe ist eine Gefahr, mahnte er sich. Sie schwächt die Menschen, vernebelt ihnen den Instinkt, macht sie verwundbar.

Staub zu Staub …

Liebe konnte nur zu Tragödie und Verzweiflung führen.

Oh, Buffy …

Langsam stand er auf.

Leise schlich er durch die finstere Ruine und schlüpfte hinaus in die Nacht.

Nein, Liebe war ein Luxus, den weder Buffy noch er sich leisten konnten.

Nicht, wenn sie überleben wollten.

Die Jagd geht weiter!
Yvonne Navarro
Edition
Gefallene Engel
Buffy - Im Bann der Dämonen
Gefallene Engel
€ 15,90 (D)
ISBN 3-8025-2991-X
Mel Odom
Edition
Mörderisches Spiel
Buffy
Im Bann der Dämonen
Buffy - Im Bann der Dämonen
Mörderisches Spiel
€ 12,90 (D)
ISBN 3-8025-2990-1
Im Buchhandel oder unter www.vgs.de
vgs

Foto: Carsten Minkwitz

Eiskalte Morde:
Die ganze Welt der skandinavischen Kriminalliteratur bei rororo

Liza Marklund
Studio 6
Roman 3-499-22875-0
Auf einem Friedhof hat man eine Frauenleiche gefunden. Das Opfer war eine Tänzerin im Stripteaseclub «Studio 6». Die Journalistin Annika Bengtzon stellt wieder eigenmächtig Nachforschungen an ...
«Schweden hat einen neuen Export-Schlager: Liza Marklund.» Brigitte

Liza Marklund
Olympisches Feuer
Roman 3-499-22733-9

Karin Alvtegen
Die Flüchtige
Roman 3-499-23251-0
Mit ihrem ersten Roman «Schuld» (rororo 22946) rückte die Großnichte Astrid Lindgrens in die Top-Riege schwedischer Krimiautoren.

Willy Josefsson
Denn ihrer ist das Himmelreich
Roman 3-499-23320-7
Josefssons neuer Erfolgsroman mit neuer Heldin: Eva Ström – der erste Fall der Pastorin von Ängelholm.

Leena Lehtolainen
Alle singen im Chor
Roman 3-499-23090-9
Maria Kallio muss sich bewähren. Ein heikler Fall für die finnische Ermittlerin.

Leena Lehtolainen
Zeit zu sterben
Roman

3-499-23100-X